Charles Bukowski
(1920-1994)

CHARLES BUKOWSKI nasceu a 16 de agosto de 1920 em Andernach, Alemanha, filho de um soldado americano e de uma jovem alemã. Aos três anos de idade, foi levado aos Estados Unidos pelos pais. Criou-se em meio à pobreza de Los Angeles, cidade onde morou por cinquenta anos, escrevendo e embriagando-se. Publicou seu primeiro conto em 1944, aos 24 anos de idade, e somente aos 35 começou a publicar poesias. Foi internado diversas vezes com crises de hemorragia e outras disfunções geradas pelo abuso do álcool e do cigarro. Durante a sua vida, ganhou certa notoriedade com contos publicados pelos jornais alternativos *Open City* e *Nola Express*, mas precisou buscar outros meios de sustento: trabalhou catorze anos nos Correios. Casou, teve uma filha e se separou. É considerado o último escritor "maldito" da literatura norte-americana, uma espécie de autor beat honorário, embora nunca tenha se associado com outros representantes beats, como Jack Kerouac e Allen Ginsberg.

Sua literatura é de caráter extremamente autobiográfico, e nela abundam temas e personagens marginais, como prostitutas, sexo, alcoolismo, ressacas, corridas de cavalos, pessoas miseráveis e experiências escatológicas. De estilo extremamente livre e imediatista, na obra de Bukowski não transparecem demasiadas preocupações estruturais. Dotado de um senso de humor ferino, autoirônico e cáustico, ele foi comparado a Henry Miller, Louis-Ferdinand Céline e Ernest Hemingway.

Ao longo de sua vida, publicou mais de 45 livros de poesia e prosa. São seis os seus romances: *Cartas na rua* (1971), *Factótum* (1975), *Mulheres* (1978), *Misto-quente* (1982), *Hollywood* (1989) e *Pulp* (1994), todos na Coleção **L&PM** POCKET. Em sua obra também se destacam os livros de contos e história *ections, Ejaculations,* *nary Madness* (1972; b os títulos de

Tales of Ordinary Madness e *The Most Beautiful Woman in Town*, lançados pela L&PM Editores como *Fabulário geral do delírio cotidiano* e *Crônica de um amor louco*), *Ao sul de lugar nenhum* (1973; L&PM, 2008), *Bring Me Your Love* (1983), *Numa fria* (1983; L&PM, 2003), *There's No Business* (1984) e *Miscelânea Septuagenária* (1990; L&PM, 2014). Seus livros de poesias são mais de trinta, entre os quais *Flower, Fist and Bestial Wail* (1960), *O amor é um cão dos diabos* (1977; L&PM, 2007), *You Get So Alone at Times that It Just Makes Sense* (1996), sendo que a maioria permanece inédita no Brasil. Várias antologias, como *Textos autobiográficos* (1993; L&PM, 2009), além de livros de poemas, cartas e histórias reunindo sua obra foram publicados postumamente, tais quais *O capitão saiu para o almoço e os marinheiros tomaram conta do navio* (1998; L&PM, 2003) e *Pedaços de um caderno manchado de vinho* (2008; L&PM, 2010).

Bukowski morreu de pneumonia, decorrente de um tratamento de leucemia, na cidade de San Pedro, Califórnia, no dia 9 de março de 1994, aos 73 anos de idade, pouco depois de terminar *Pulp*.

BUKOWSKI

SOBRE BÊBADOS E BEBIDAS

Editado por ABEL DEBRITTO

Tradução de RODRIGO BREUNIG

www.lpm.com.br

L&PM POCKET

Coleção **L&PM** POCKET, vol.1340

Texto de acordo com a nova ortografia.
Título original: *On Drinking*
Também disponível em formato 14 x 21 cm

Primeira edição na Coleção L&PM POCKET: fevereiro de 2022
Esta reimpressão: novembro de 2023

Tradução: Rodrigo Breunig e outros (ver p. 268-269)
Capa: Ivan Pinheiro Machado.
Preparação: Patrícia Yurgel
Revisão: Lia Cremonese

CIP-Brasil. Catalogação na publicação
Sindicato Nacional dos Editores de Livros, RJ

B949s

Bukowski, Charles, 1920-1994
　Sobre bêbados e bebidas / Charles Bukowski; [tradução Rodrigo Breunig]; editado por Abel Debritto. – Porto Alegre [RS]: L&PM, 2023.
　272 p. ; 18 cm.　(Coleção L&PM POCKET; 1340)

Tradução de: *On Drinking*
ISBN 978-65-5666-233-6

1. Poesia americana. 2. Contos americanos. 3. Cartas americanas. 4. Literatura americana. I. Breunig, Rodrigo. II. Debritto, Abel. III. Título. IV. Série.

21-75285	CDD: 810.8
	CDU: 821.111(73)

Camila Donis Hartmann - Bibliotecária - CRB-7/6472

On Drinking Copyright © 2019 by Linda Lee Bukowski

Todos os direitos desta edição reservados a L&PM Editores
Rua Comendador Coruja, 314, loja 9 – Floresta – 90.220-180
Porto Alegre – RS – Brasil / Fone: 51.3225.5777

Pedidos & Depto. comercial: vendas@lpm.com.br
Fale conosco: info@lpm.com.br
www.lpm.com.br

Impresso no Brasil
Primavera de 2023

SOBRE BÊBADOS E BEBIDAS

formigas sobem meus braços bêbados

    Ó formigas subam meus braços bêbados
    deixaram Van Gogh sentar num trigal
    e tirar a Vida do mundo com uma
    espingarda,
    formigas subam meus braços bêbados
    mandaram Rimbaud
    traficar armas e procurar ouro
    sob as pedras,
    Ó formigas subam meus braços bêbados,
    botaram Pound num manicômio
    e fizeram Crane saltar no mar
    de pijama,
    formigas, formigas, subam meus braços bêbados
    com nossos alunos gritando por Willie Mays
    e não por Bach,
    formigas subam meus braços bêbados
    na bebida eu agarro
    pranchas de surfe, pias, girassóis
    e a máquina de escrever cai como um infarto
    da mesa
    ou como um touro dominical morto,
    e as formigas descem minha garganta
    e entram na minha boca,
    e eu as engulo com vinho
    e levanto as cortinas
    e elas estão na tela

e nas ruas
escalando as torres das igrejas
e percorrendo carcaças de pneus
procurando algo mais
para comer.

[Para Jon e Louise Webb]
25 de março de 1961

[...] O que me incomoda é quando leio sobre os velhos grupos de Paris, ou alguém que conhecia alguém nos velhos tempos. Eles faziam na época também, os nomes antigos e agora. Acho que Hemingway está escrevendo um livro a respeito agora. Apesar de tudo, porém, não consigo cair nessa. Não suporto escritores ou editores ou qualquer um que queira falar de Arte. Por 3 anos morei num hotel de um beco imundo – antes da minha hemorragia – e ficava bêbado todas as noites com um ex-presidiário, a arrumadeira do hotel, um indiano, uma moça que parecia usar uma peruca mas não usava e 3 ou 4 andarilhos. Ninguém sabia diferenciar Shostakovich de Shelley Winters e nós pouco nos lixávamos. A coisa mais importante era encarregar alguém de sair correndo em busca de birita quando ficávamos sem. Começávamos pelo fim da fila, com o nosso pior corredor, e se ele falhasse – você precisa entender, na maior parte do tempo havia pouco ou nenhum dinheiro – nós íamos um tantinho mais fundo, com o sujeito que era um pouco menos pior. Acho que é bazófia, mas eu era cavalo campeão. E quando o último entrava cambaleando pela porta, pálido e envergonhado, Bukowski se levantava com uma invectiva, vestia seu manto andrajoso e mergulhava com raiva e confiança noite adentro, rumo à Dick's Liquor Store, e eu dava um golpe no cara e o forçava e espremia até que ele ficava tonto; eu entrava com imensa raiva, sem mendicância, e pedia o que queria. Dick nunca sabia se eu tinha algum dinheiro ou não. Às vezes eu o enganava e tinha dinheiro. Mas na maior parte das vezes eu não tinha. Mas de qualquer maneira ele estalava as garrafas na minha frente, botava elas num saco, e aí eu as pegava com um raivoso "Coloca na minha conta!".

E aí ele começava com a velha dança – mas, jesus, cê já me deve tanto e tanto, e você não fez nenhum pagamento em um mês e...

E aí vinha o ATO DE ARTE. Eu já tinha as garrafas na minha mão. Não seria nada sair caminhando. Mas eu as estalava de novo no balcão diante dele, arrancando-as do saco e empurrando-as na direção dele, dizendo "Toma, você *quer* essas coisas! Vou fazer meu maldito negócio em outro lugar!".

"Não, não", ele dizia, "leve-as. Não tem problema."

E aí ele tirava aquele triste papelzinho e adicionava o valor ao total.

"Deixa eu ver isso", eu exigia.

E aí eu falava: "Pelo amor de Deus! Eu não lhe devo *tanto* assim! Que item é esse aqui?".

Tudo isso era para fazê-lo acreditar que eu lhe pagaria um dia. E aí ele tentava me passar a perna de volta: "Você é um cavalheiro. Não é como os outros. Eu confio em você".

Por fim ele adoeceu e vendeu sua loja, e quando veio o seguinte eu abri uma conta nova...

E o que aconteceu? Às oito horas num domingo de manhã – OITO HORAS!!!, que droga – houve uma batida na porta –, e eu abri e eis ali um editor. "Ah, eu sou tal e tal, editor de tal e tal, recebemos o seu conto e o consideramos muitíssimo inusitado; vamos usá-lo na nossa edição de primavera." "Bem, entre", tive de dizer, "mas não tropece nas garrafas." E aí eu fiquei sentado enquanto ele me falava sobre sua esposa que o tinha em alta estima e sobre seu conto que certa vez havia sido publicado em *The Atlantic Monthly*, e você sabe como eles vão falando. Por fim ele foi embora, e mais ou menos um mês depois o telefone da recepção tocou e alguém queria falar com Bukowski, e dessa vez era uma voz de mulher, "Sr. Bukowski, nós achamos que o senhor tem um conto muito inusitado e o grupo estava discutindo-o numa noite dessas, mas achamos que ele tem uma fraqueza e achamos que o senhor poderia querer corrigir a fraqueza. Era isto: POR QUE O PERSONAGEM PRINCIPAL COMEÇOU A BEBER ANTES DE MAIS NADA?".

Eu falei "Esqueça o negócio todo e mande o conto de volta" e desliguei.

Quando voltei, o indiano levantou o rosto por cima de seu drinque e perguntou: "Quem era?".

Falei "Ninguém", a resposta mais precisa que eu podia dar.

[Para John William Corrington]
14 de janeiro de 1963

[...] Nascido em Andernach, Alemanha, em 16 de agosto de 1920. Mãe alemã, pai com o Exército Americano (nascido em Pasadena, mas de ascendência alemã) de Ocupação. Há certa evidência de que nasci, ou fui ao menos concebido sem casamento, mas não tenho certeza. Americano aos 2 anos de idade. Um ano mais ou menos em Washington, D.C., mas depois avante para Los Angeles. A história da fantasia de índio verdade. Tudo de grotesco, verdade. Entre a selvageria imbecil do meu pai, o desinteresse da minha mãe e o doce ódio dos meus amiguinhos: "Chucrute! Chucrute! Chucrute!", a chapa esquentava por todo lado. A chapa esquentou ainda mais quando eu tinha 13 anos, tive um surto não de acne, mas de uns furúnculos ENORMES, nos meus olhos, pescoço, costas, rosto, e eu pegava o bonde para o hospital, para a ala de caridade, meu velho não estava trabalhando, e lá eles me perfuravam com a agulha elétrica, que é uma espécie de broca de madeira que eles fincam nas pessoas. Fiquei fora da escola por um ano. Frequentei o L.A. City College por uns dois anos, jornalismo. A anuidade era de dois dólares mas o velho disse que não podia mais me mandar. Fui trabalhar nos pátios ferroviários esfregando as laterais dos trens com detergente OAKITE. Eu bebia e jogava à noite. Eu tinha um quarto pequeno em cima de um bar na Temple Street no distrito filipino, e eu jogava à noite com os trabalhadores da aeronáutica e os cafetões e etc. Meu quartinho ficou conhecido e lotava de gente todas as noites. Era um inferno conseguir um pouco de sono. Uma noite, tirei a sorte grande. Grande para mim. Duzentos ou trezentos. Eu sabia que eles voltariam. Entrei na briga, quebrei um espelho e umas cadeiras mas mantive o dinheiro e de manhã cedo peguei um ônibus para Nova Orleans. Uma mocinha tentou dar em cima de mim, e larguei ela em Fort Worth mas cheguei até Dallas e voltei. Matei algum tempo lá e me mandei pra N.O. Ocupei quarto em frente ao GANGPLANK CAFE e comecei a escrever. Contos. Bebi o dinheiro, fui trabalhar numa loja de quadrinhos, e logo toquei em frente. Miami Beach. Atlanta. Nova York. St. Louis. Philly. Frisco. L.A. de novo. Nova Orleans de novo. Depois Philly de novo. Depois Frisco de novo. L.A. de novo. Rodando sem parar. Algumas noites em East Kansas City. Parei de escrever. Me concentrei em beber. As minhas estadias mais longas foram em Philly. Eu acordava de manhã cedo e ia para um bar lá e eu fechava aquele bar à noite. Como consegui, não sei. Então finalmente voltei para L.A. e a garrafa foi minha amante por sete anos. Fui parar no mesmo hospital de caridade. Dessa vez não com furúnculos, mas com meu estômago afinal dilacerado de tanta bebida mata-rato e agonia. 4 litros de sangue e 3 litros de glicose transfundidos sem interrupção. Minha puta veio me ver e ela estava bêbada. Meu velho estava com ela. O velho me encheu de desaforo e a puta foi escrota também, e eu disse ao velho: "Só mais uma palavra sua e eu arranco essa agulha do meu braço, escapo desse leito de morte e arrebento a sua cara!". Eles foram embora. Saí de lá branco e velho, apaixonado pela luz do sol, tendo escutado que não devia nunca mais beber de novo se não a morte seria minha. Constatei, entre as mudanças em mim, que a minha memória, outrora bastante boa, agora estava ruim. Algum dano cerebral sem dúvida, me deixaram lá uns dois dias na ala de caridade quando a minha papelada se perdeu e a minha papelada pedia transfusões imediatas, e eu estava sem sangue, ouvindo marteladas no meu cérebro. De todo modo, entrei num furgão dos correios e saí dirigindo e entreguei cartas e bebi de leve, experimentalmente, e aí uma noite sentei e comecei a escrever poesia. Que coisinha ótima. Pra onde mandar esse troço. Bem, não custava tentar. Havia uma revista chamada *Harlequin* e eu era um puta palhaço e a revista ficava lá numa cidadezinha do Texas e talvez eles não reconhecessem um troço ruim quando vissem, então –. Havia uma mocinha editora lá, e a pobrezinha surtou. Edição especial. Cartas se seguiram. As cartas começaram a esquentar. As cartas ferveram. Quando vi, a mocinha editora já estava em Los Angeles. Quando vi, nós estávamos em Las Vegas para o casamento. Quando vi, eu estava andando numa cidadezinha do Texas com os caipiras locais me encarando. A mocinha tinha dinheiro. Eu não sabia que ela tinha dinheiro. Ou que os parentes dela tinham dinheiro. Voltamos para L.A. e eu voltei a trabalhar, em algum lugar.

O casamento não deu certo. Ela levou 3 anos para descobrir que eu não era o que ela pensava que eu deveria ser. Eu era antissocial, grosseiro, um bêbado, não ia à igreja, apostava em cavalos, língua suja quando embriagado, não gostava de ir a lugar nenhum, me barbeava sem cuidado, não ligava para as pinturas dela ou para seus parentes, às vezes ficava na cama 2 ou 3 dias seguidos etc. etc.

Bem pouco mais. Voltei pra minha puta que antes tinha sido uma mulher tão cruel e bela, e que já não era bela (como tal), mas que, magicamente, havia virado uma pessoa calorosa e verdadeira, mas não conseguia parar de beber, ela bebia mais do que eu, e ela morreu.

Não resta grande coisa agora. Eu bebo principalmente sozinho e desencorajo companhia. As pessoas parecem ficar falando sobre coisas que não importam. Elas são muito ansiosas ou muito perversas ou muito óbvias.

[Para John William Corrington]
Outubro de 1963

[...] Algo de Brahms agora, piano. Mulher acabou de me telefonar, certa brasileira que mora no alto da Sunset Strip. Talvez eu devesse fazer um strip nela. Mas já estou me dando bem o bastante e, embora exista certo problema relacionado, me vem uma sensação de normalidade da coisa toda. Cortei a bebida um pouco, principalmente cerveja. Li hoje no jornal que o alcoólatra médio vive até os 51 (assim me restam 8 anos), ao passo que o não bebedor médio vive até os 70. Eu acho que os melhores anos são dos 30 aos 40; você está definitivamente fora da infância, sabe melhor o que não quer, e geralmente tem força e saúde pra aguentar. Claro, há algo de errado com todos nós & se você derramar álcool por cima você se livra desse algo mais rápido.

[Para Jon e Louise Webb]
1º de março de 1964

[...] Estou ficando um pouco bêbado, um bom muro pra ficar escondido atrás, a bandeira do covarde. Eu me lembro de uma vez em certa cidade em certo quarto barato, acredito que era St. Louis, sim, um hotel na esquina e os gases do tráfego indo para o trabalho costumavam subir e sufocar meus pulmões doentes preguiçosos, e eu mandava ela sair para comprar cerveja ou vinho e ela estava tentando me endireitar, tentando me fazer de filho ou me enforcar ou me entender, como todas as mulheres tentam fazer, e ela me passou o velho papinho: "Beber é só escapismo". Claro, eu respondi, e graças às velhas bolas vermelhas de Deus que é, e quando eu te como, isso é escapismo também, você pode achar que não é, pra você pode ser viver, pois bem, vamos beber.

Onde será que ela está agora? Uma empregada negra bem gorda com as maiores e mais gordas e mais muitíssimo adoráveis pernas do universo e ideias sobre "escapismo".

garrafa de cerveja

uma coisa de fato miraculosa acaba de acontecer:
minha garrafa de cerveja girou e caiu
e aterrissou com a parte do fundo no chão,
e eu a coloquei de volta na mesa para baixar a espuma,
mas as fotos não estavam lá essas coisas hoje
e havia uma pequena fenda no couro
do meu sapato esquerdo, mas é tudo muito simples:
não podemos adquirir muita coisa: há leis
que desconhecemos de todo, todo tipo de cutucão
para nos queimar ou congelar; o que faz com que
o melro se encaixe na boca do gato
não nos cabe dizer, ou por que certos homens
terminam enjaulados como esquilos de estimação
enquanto outros se espremem contra peitos enormes
ao longo de infindáveis noites – esta é a
missão e o terror, e não nos é dito
por quê. ainda assim, que sorte a garrafa
ter aterrissado direito, e embora
eu tivesse uma de vinho e uma de uísque,
isto prediz, de algum modo, uma noite boa,
e talvez amanhã meu nariz esteja mais comprido:
novos sapatos, menos chuva, mais poemas.

fabricada e enlatada por...

tudo
na mão em minha lata de cerveja
é triste,
até a sujeira é
triste
sob minhas unhas,
e essa mão
é como a mão de uma
máquina
e ao mesmo tempo
não é –
ela se curva completamente
(o esforço contém magia)
em volta da
lata de cerveja
num movimento igual ao de
raízes
empurrando um gladíolo
rumo ao sol do ar,
e a cerveja
entra em mim.

De
Confissões de um homem suficientemente insano para viver com as feras

Estava acomodado com outra pessoa. Estávamos no segundo andar de uma cabana e eu estava trabalhando. Foi isso que quase me matou, beber toda a noite e trabalhar o dia inteiro. Continuava jogando a garrafa pela mesma janela. Costumava levar aquela janela até uma vidraçaria na esquina e eles a arrumavam para mim, colocavam um novo vidro na janela. Fazia isso uma vez por semana. O homem olhava para mim estranhamente todas as vezes, mas sempre aceitava meu dinheiro, que parecia normal para ele. Eu andava bebendo muito, continuamente há 15 anos, e, certa manhã, acordei e lá estava: o sangue escorrendo pela minha boca e pelo meu cu. Cagalhões pretos. Sangue, sangue, cachoeiras de sangue. Sangue fede mais que merda. Ela chamou um médico e a ambulância veio me buscar. Os paramédicos disseram que eu era grande demais para ser carregado pelas escadas e me pediram para caminhar.

– Tudo bem, caras – eu disse.

– Ficamos agradecidos... não queremos que faça muita força.

Lá fora subi na maca. Eles a abriram para mim, e me estendi ali em cima como uma flor a fenecer. Uma flor infernal. Os vizinhos estavam com as cabeças para fora das janelas, ficavam nos degraus da escada enquanto eu passava. Viam-me bêbado na maior parte das vezes.

– Olhe, Mabel – disse um deles –, lá se vai aquele homem terrível!

– Deus tenha piedade de sua alma! – era a resposta.

Boa e velha Mabel. Escapou-me boca afora uma golfada de sangue que atingiu a ponta da maca, e alguém pronunciou:

– OOOOOhhhhhh.

Embora eu estivesse trabalhando, não tinha nenhum dinheiro, então fui levado novamente para a ala de caridade. A ambulância estava cheia. Tinham compartimentos na ambulância e todos estavam tomados por outras pessoas.

– Casa cheia – disse o motorista. – Vamos lá.

Foi uma viagem péssima. Balançamos e sacudimos. Fiz todo o esforço que podia para não botar mais sangue para fora, porque não queria deixar ninguém fedendo.

– Oh – ouvi a voz de uma negra –, não posso acreditar que isso esteja acontecendo comigo, não posso acreditar, oh, Deus, me ajude!

Deus é muito popular em lugares como esse.

Colocaram-me em um porão escuro e alguém me deu alguma coisa para tomar em um copo com água e isso foi tudo. De vez em quando eu vomitava um pouco de sangue no pote que ficava perto da cama. Havia quatro ou cinco de nós ali. Um dos homens estava bêbado... e insano... mas parecia forte. Ele saiu de seu catre e vagueou pelos arredores, andou aos tropeços, caindo por cima de outros homens, derrubando as coisas no chão:

– Eu era, era, eu, eu sou o juba, o joba, jujoba, eu era, uepa, juba.

Peguei o jarro de água para bater nele, mas ele não se aproximou o suficiente. Finalmente caiu em um canto e desmaiou. Fiquei em um porão a noite inteira e até o meio-dia do dia seguinte. Então me levaram para o andar de cima. A ala estava superlotada. Fui colocado em um canto escuro.

– Oh, ele vai morrer naquele canto – disse uma das enfermeiras.

– É... – disse a outra.

Levantei, numa noite, e não consegui chegar até o banheiro. Deixei sangue sobre toda a parte central do piso. Caí e estava muito fraco para me levantar. Chamei por uma enfermeira, mas as portas que davam acesso para aquela ala eram cobertas de estanho de três a seis polegadas de espessura e ninguém poderia me ouvir. Uma enfermeira vinha fazer uma ronda uma vez a cada duas horas, procurando por mortos. Levavam muitos mortos embora durante a noite. Eu não conseguia dormir e costumava ficar observando a retirada. Puxavam um sujeito de um catre para a maca e puxavam um lençol por sobre a cabeça dele. Aquelas macas estavam sempre muito bem lubrificadas. As rodinhas não faziam nenhum barulho. Gritei:

– Enfermeira! – sem saber exatamente por quê.

– Cale a boca! – um dos velhos me disse. – Queremos dormir!

Desmaiei.

Quando retomei a consciência, todas as luzes estavam acesas. Duas enfermeiras estavam tentando me erguer.

– Disse para você não sair da cama – falou uma delas.

Eu não conseguia falar. Tambores rufavam em minha cabeça. Senti que estava me esvaziando. Parecia que conseguia ouvir tudo, mas não conseguia ver, apenas clarões de luz, era o que parecia. Mas nada de pânico nem medo, apenas uma sensação de estar esperando, aguardando por algo sem me importar.

– Você é muito grande – disse uma delas –, suba nesta cadeira.

Colocaram-me em uma cadeira de rodas e me empurraram pelo corredor. Sentia-me como se não pesasse mais de três quilos.

Então estavam ao meu redor: pessoas. Lembro de um médico vestindo um avental verde, um avental de operação. Parecia estar furioso. Estava falando com a enfermeira-chefe.

– Por que esse homem não recebeu uma transfusão? Ele está quase sem nada.

– Seus papéis passaram pelo andar inferior enquanto eu estava no andar de cima e foram preenchidos antes que eu os visse. E, além disso, doutor, ele não tem nenhum crédito sanguíneo.

– Quero um pouco de sangue aqui em cima e quero AGORA!

"Quem raios será esse sujeito", pensei, "muito estranho. Muito incomum para um médico."

Começaram as transfusões... nove bolsas de sangue e oito de glicose.

Uma enfermeira tentou me alimentar com rosbife e batatas e ervilhas e cenouras na minha primeira refeição. Ela colocou a bandeja na minha frente.

– Raios, não posso comer isso – eu lhe disse. – Esse negócio vai me matar!

– Coma – ela disse –, está na sua lista, é a sua dieta.

– Traga-me um pouco de leite – eu disse.

– Coma isso – ela disse e se afastou.

Deixei a comida onde estava.

Cinco minutos depois, ela voltou correndo pela ala.

– Não COMA ISSO! – ela gritou. – Você não pode COMER ISSO!! Houve um erro na lista!

Ela levou tudo embora e voltou com um copo de leite.

Assim que a primeira bolsa de sangue esvaziou-se dentro de mim, colocaram-me em uma maca com rodas e me levaram para a sala de raio X. O doutor me mandou ficar em pé. Eu não conseguia, acabava sempre caindo de costas.

– PORRA DO CARALHO! – ele gritou. – VOCÊ ME FEZ DESPERDIÇAR OUTRO FILME! AGORA FIQUE EM PÉ E NÃO CAIA!

Tentei, mas não consegui ficar em pé. Caí de costas.

– Oh, merda – ele disse para a enfermeira –, leve-o daqui.

Domingo de Páscoa, a banda do Exército da Salvação tocou bem embaixo da nossa janela às cinco horas da madrugada. Tocaram músicas religiosas horrorosas, tocaram mal e muito alto, e isso era para mim como mergulhar em um pântano, sentia a música correr pelo meu corpo, quase me matou. Senti-me tão perto da morte naquela manhã como jamais tinha me sentido antes. Estava a um centímetro de distância, um fio de cabelo de distância. Finalmente foram embora para outra parte do pátio e comecei a voltar à vida. Diria que, naquela manhã, eles mataram provavelmente meia dúzia de prisioneiros com aquela sua música.

Então meu pai apareceu com a minha puta. Ela estava bêbada, e eu sabia que ele tinha dado dinheiro a ela para beber e que também a havia trazido, deliberadamente, para que eu a visse bêbada. Fez isso para me entristecer. O velho e eu éramos inimigos de longa data... ele acreditava em tudo aquilo que eu não acreditava e vice-versa. Ela cambaleava em frente à minha cama, embriagada, o rosto rubicundo.

– Por que você a trouxe aqui nesse estado? – perguntei. – Por que não esperou até outro dia?

– Disse que ela não prestava! Sempre disse que ela não prestava!

– Você a embebedou e então a trouxe aqui. Por que você continua fazendo isso comigo?

– Eu disse que ela não prestava, eu avisei, eu *avisei*!

– Seu filho da puta, se você disser mais uma palavra, vou tirar essa agulha do meu braço e cagar você a pau!

Ele a tomou pelo braço e os dois partiram.

Acho que telefonaram para eles dizendo que eu ia morrer. A hemorragia continuava. Naquela noite, um padre veio me visitar.

– Padre – eu disse –, sem ofensas, mas, por favor, gostaria de morrer sem nenhum rito, sem nenhuma palavra.

Fiquei surpreso, então, porque ele balançou e se inclinou para trás sem acreditar no que tinha ouvido, foi quase como se eu tivesse batido nele. Digo que fiquei surpreso, porque imaginava que esses rapazes levassem as coisas de maneira mais tranquila. Mas, enfim, eles também tinham que limpar os próprios rabos.

– Padre, fale comigo – disse um velho –, você pode falar comigo.

O padre foi até ele e o velho e todos os demais ficaram felizes.

Treze dias depois da noite em que fui internado, estava dirigindo um caminhão e carregando sacos de 25 quilos. Uma semana mais tarde, bebi meu primeiro copo de cerveja... o copo que, diziam, iria me matar.

Acho que algum dia vou morrer em uma ala de caridade de merda. Parece que simplesmente não consigo me livrar disso.

[Para Douglas Blazek]
25 de agosto de 1965

[...] escrevi ao Henry Miller outro dia pra arrancar 15 pratas de um patrocinador dele que prometeu o mesmo se eu enviasse ao Henry mais 3 *Crucifixos*. eu vendo barato ao Stuart e dá pra comprar uísque e apostar nuns cavalos. tipo eu tenho uma conta de conserto do freio de $70. o carro não vale isso. de todo modo, eu estava bêbado e inferi que Henry podia sacudir seu patrocinador em sua árvore de dinheiro. os 15 chegaram de uma fonte hoje e a carta de Miller de outra: citação parcial: "Espero que você não esteja bebendo até a morte! e especialmente que não fique bebendo enquanto escreve. É um jeito certeiro de matar a fonte da inspiração. Beba só quando estiver feliz, se puder. Nunca para afogar suas mágoas. E nunca beba sozinho!" claro que eu não engulo nada disso. eu não me preocupo com a inspiração. quando a escrita morre, ela morre; foda-se. eu bebo pra tocar em frente um outro dia. e descobri que a melhor maneira de beber é beber SOZINHO. mesmo com esposa e criança em volta, bebo sozinho. lata após lata misturada com meio litro ou um quarto de litro. e eu me estico de parede a parede na luz, sinto como se eu fosse todo cheio de carne e laranjas e sóis ardentes, e o rádio toca e talvez eu mande ver na máquina e olho embaixo o oleado rasgado e manchado de tinta na mesa da cozinha, uma mesa de cozinha no inferno; uma vida, não uma estação no inferno; o fedor de tudo, eu envelhecendo; pessoas se transformando em verrugas; tudo indo, afundando, 2 botões na camisa faltando, barriga em desenvolvimento;

dias de bordoadas obtusas e árduas à frente – horas correndo à toa com as cabeças cortadas, e eu levanto a bebida, boto a bebida pra dentro, a única coisa a fazer, e Miller pede que eu me preocupe com a fonte da INSPIRAÇÃO? não consigo olhar para nada, realmente olhar para qualquer coisa sem querer me rasgar no meio. beber é uma forma temporária de suicídio em que sou autorizado a me matar e depois voltar à vida outra vez. beber é só um pouco de cola para segurar meus braços e minhas pernas e meu pau e minha cabeça e o resto. escrever é só uma folha de papel; eu sou algo que anda pra lá e pra cá e olha pela janela. amém.

[Para William Wantling]
1965

[...] eu fico bebendo cerveja e scotch, botando pra dentro, como que pra dentro de um grande vazio... admito que há em mim certa estupidez rochosa que não pode ser alcançada. eu fico bebendo, bebendo, sou rabugento como um buldogue velho. sempre deste jeito: pessoas despencando, caindo das banquetas, me testando, e eu as bebo de um só gole, bebo, bebo, mas realmente sem voz, nada, eu sento eu sento como um duende idiota num pinheiro esperando por um raio. quando eu tinha 18 anos eu costumava ganhar $15 ou 20 por semana em concursos de bebida e isso me mantinha vivo. até que sacaram a minha jogada. havia um merda, no entanto, chamado Fedido, que sempre era uma dureza pra mim. eu intimidava o cara às vezes bebendo um copo extra entre um e outro. eu costumava andar com uns ladrões e nós estávamos sempre bebendo num quarto vago, num quarto ainda não alugado, com luz fraca... nós nunca tínhamos lugar para ficar, mas aqueles garotos eram na maioria durões, portavam armas, mas eu não portava, eu ainda era careta, ainda sou. uma noite achei que o Fedido ia me ganhar e levantei o rosto e ele tinha sumido e eu fui vomitar e nem sequer vomitei, lá estava ele na banheira, fora fora, e eu saí e peguei o dinheiro.

Buffalo bill

sempre que o senhorio e a senhoria se
embebedam de cerveja
ela vem aqui e bate na minha porta
e eu desço e bebo cerveja com eles.
eles cantam canções das antigas e
ele fica bebendo até
cair no chão com cadeira e tudo.
então eu me levanto
ergo a cadeira
e lá está ele junto à mesa de novo
segurando uma
lata de cerveja.

a conversa sempre chega no
Buffalo Bill. eles acham o Buffalo Bill
muito engraçado. então sempre pergunto,
qual é a última do Buffalo Bill?

ah, se deu mal. prenderam
ele. vieram e levaram.

por quê?

mesma coisa. só que dessa vez foi uma
mulher das Testemunhas de Jeová. ela
tocou a campainha e ficou ali parada
falando e ele mostrou o *negócio*
dele, sabe.

ela veio e me contou
e eu disse a ela "por que você incomodou aquele
homem? por que você tocou a campainha dele? ele não
estava te fazendo nada!" mas não, ela teve que
ir lá denunciar às autoridades.

ele me ligou da cadeia, "bem, eu fiz
de novo!" "por que você fica fazendo isso?", eu
perguntei. "sei lá", ele disse, "sei lá
o que me faz fazer isso!" "você não devia fazer
isso", eu disse. "eu sei que não devia fazer
isso", ele me disse.

quantas vezes ele fez
isso?

meu deus, sei lá, 8 ou 10 vezes. ele faz
isso toda hora. mas ele tem um bom advogado,
ele tem um advogado bom
pra burro.

pra quem vocês alugaram o apê dele?

ah, a gente não aluga o apê dele, sempre deixamos o
lugar pra ele. gostamos dele. eu te contei sobre
a noite em que ele estava bêbado lá fora na grama
pelado e um avião passou no alto e ele
apontou as luzes, só dava pra ver

as luzes traseiras e tal e ele apontou
as luzes e gritou "EU SOU DEUS,
EU BOTEI ESSAS LUZES NO CÉU!".

não, você não me contou
essa.

toma uma cerveja primeiro e aí
eu te conto.

eu tomei uma cerveja
primeiro.

Notas de um velho safado

Em Philly, o último banco era meu e eu ficava ali pedindo sanduíches e outras coisas mais. Jim, o garçom da manhã, me deixava entrar às 5h30 enquanto ele esfregava o chão e eu bebia alguns drinques até que a multidão chegava às 7h. eu fechava o bar às 2h, o que não me deixava muito tempo para dormir. mas eu não tava fazendo muito naqueles dias – dormia, comia, ou qualquer outra coisa. o bar era tão velho, baleado, fedendo a urina e a morte que quando uma puta entrava pra dar um ataque nós ficávamos particularmente lisonjeados. como eu pagava o aluguel do meu quarto ou o que estava pensando não estou bem certo. por essa época um conto meu apareceu em *Portfolio III*, junto com Henry Miller, Lorca, Sartre e muitos outros. o *Portfolio* era vendido por $10. uma coisa enorme com páginas em separado, cada uma impressa com tipos diferentes em papel fino e colorido e gravuras feitas com cuidado. Caresse Crosby, a editora, escreveu-me: "uma história incrível e maravilhosa. quem É você?" e eu respondi, "Prezada Sra. Crosby: eu não sei quem sou. sinceramente seu, Charles Bukowski". foi logo depois disso que eu desisti de escrever por dez anos. mas primeiro, uma noite na chuva com o *Portfolio*, um vento fortíssimo, as páginas voando rua abaixo, pessoas correndo atrás delas, eu mesmo parado bêbado olhando; um enorme lavador de janelas que sempre comia seis ovos no café da manhã coloca um pé enorme no centro de uma das páginas: "aí! ei! peguei uma!" "foda-se, pode deixar, deixa que todas as páginas se vão!", disse a eles, e voltamos para dentro. eu ganhara uma espécie de aposta. era o suficiente.

por volta das 11h, todas as manhãs, Jim me dizia que eu já tivera o suficiente, que eu tava chumbado, que fosse dar uma volta. eu dava uma volta até os fundos do bar e me deitava num beco que havia por lá. gostava de fazer isso porque caminhões subiam e desciam aquele beco e eu sentia que qualquer momento poderia ser o meu. mas eu não tava com muita sorte. e todos os dias essas criancinhas negras vinham me espetar as costas, e então eu ouvia a voz da mãe, "agora já chega, já chega, deixem esse homem em paz!". passava um tempo e eu me levantava, voltava pra dentro e continuava bebendo. o limo no beco é que era o problema. alguém sempre escovava o limo de mim e já fazia muito.

eu tava sentado lá um dia quando perguntei a alguém, "por que ninguém nunca vai naquele bar no fim da rua?" e me disseram, "aquilo lá é bar de bandido. entrou lá, tá morto". terminei o meu drinque, me levantei e fui caminhando até lá. era bem mais limpo naquele bar. cheio de garotões sentados por ali, meio mal-encarados. fez-se um grande silêncio. "vou querer um scotch com água", disse ao garçom.

ele fingiu não ter escutado.

levantei um pouco o volume: "garçom, eu disse que queria um scotch com água!"

ele esperou durante um longo tempo, aí então virou-se, aproximou-se com uma garrafa e me serviu. virei de uma só vez.

"agora vou tomar outra dose."

percebi uma jovem sentada sozinha. parecia estar só. parecia gostosa, gostosa e sozinha. eu tinha algum dinheiro. não me lembro onde arranjei o dinheiro. peguei o meu drinque e fui até lá e me sentei ao seu lado.

"o que que você gostaria de ouvir na jukebox?"

"qualquer coisa. o que você estiver a fim."

liguei a coisa. eu não sabia quem eu era mas podia operar uma jukebox. ela parecia gostosa. como é que podia parecer tão gostosa e estar sentada sozinha?

"garçom! garçom! mais 2 drinques! um pra moça e outro pra mim!"

eu podia sentir o cheiro de morte no ar. e agora que o senti não estava tão certo se estava cheirando bem ou não.

"o que que cê tem doçura? fala pro homem!"

ficamos bebendo por mais ou menos uma meia hora quando um dos dois garotões sentados no fundo do bar se levantou e caminhou lentamente até onde eu me encontrava. ele se parou de costas e se inclinou. ela tinha ido ao banheiro. "escuta, faixa, eu quero te DIZER uma coisa."

"vai em frente. é um prazer."

"essa é a garota do chefe. continua mexendo com ela e você vai acabar morto."

foi o que ele disse: "morto". era exatamente como no cinema. ele voltou-se e sentou-se. ela saiu do banheiro e sentou-se perto de mim.

"garçom", disse, "mais dois drinques."

continuei tocando ficha na jukebox e conversando. aí eu tive que ir ao banheiro. eu fui aonde dizia HOMENS e notei que havia uma longa escada para baixo. eles tinham o banheiro dos homens lá embaixo. que estranho. desci os primeiros degraus e então percebi que estava sendo seguido pelos dois garotões que estavam no fundo do bar. não foi tanto o medo da coisa quanto a sua estranheza. não havia nada que eu pudesse fazer a não ser continuar descendo os degraus. caminhei até o mictório, abri o fecho e comecei a mijar. vagamente bêbado, enxerguei o canecão descendo. movimentei a cabeça levemente para o lado e ao invés de recebê-lo do lado da orelha recebi-o na parte de trás da cabeça. as luzes começaram a brilhar e a girar mas não foi tão ruim. terminei de mijar, coloquei ele de volta e fechei o zíper. dei meia volta. eles estavam parados ali, esperando que eu caísse. "me desculpem", disse e em seguida passei entre eles e subi os degraus e me sentei. tinha esquecido de lavar as mãos.

"garçom", disse, "mais dois drinques."

o sangue estava escorrendo. peguei o meu lenço e fiquei segurando ele atrás da minha cabeça. aí os dois garotões saíram do banheiro e se sentaram.

"garçom", fiz um sinal com a cabeça na direção deles, "dois drinques para os cavalheiros lá."

mais caixa de música, mais conversa. a garota não se afastara de perto de mim. eu não entendia a maioria das coisas que ela estava dizendo. aí então tive que mijar de novo. levantei-me e fui no reservado dos HOMENS novamente. um dos garotões disse para o outro enquanto eu passava, "você não pode matar um filho da puta desses. ele é maluco".

eles não desceram de novo, mas quando subi de volta não me sentei novamente do lado da garota. eu já tinha provado alguma espécie de questão e não estava mais interessado. bebi ali o resto da noite e quando o bar fechou todos nós fomos pra fora e falamos e rimos e cantamos. fiquei bebendo com um garoto de cabelo preto nas últimas horas. ele veio até mim: "escuta, nós queremos tu na gangue. tu tem culhão. nós precisamos de um cara como tu".

"obrigado, companheiro. aprecio muito o seu convite mas não posso. obrigado de qualquer forma."

em seguida me afastei. sempre o velho senso dramático.

gritei prum carro de polícia alguns quarteirões abaixo, contei a eles que tinha sido agredido com um canecão de cerveja e assaltado por dois marinheiros. eles me levaram para a emergência e me sentei sob uma luz elétrica brilhante com um doutor e uma enfermeira. "agora isso vai doer", ele me disse. a agulha começou a trabalhar. eu não podia sentir coisa alguma. me sentia como se todos inclusive eu estivessem sob o meu controle. estavam colocando alguma espécie de atadura em mim quando me estiquei e agarrei a perna da enfermeira. apertei o joelho dela com força. isso fez bem pra mim.

"ei! que diabo está acontecendo com você?"

"nada! tava só brincando", disse pro doutor.

"o senhor quer que a gente prenda esse sujeito?", perguntou um dos tiras.

"não, levem ele pra casa. ele teve uma noite difícil."

os tiras me levaram pra casa. foi um bom serviço. se fosse em L.A. eu teria sido engaiolado. quando cheguei no meu quarto bebi uma garrafa de vinho e fui dormir.

não consegui cumprir o horário das 5h30 da manhã abrindo no velho bar. eu às vezes fazia isso. às vezes ficava na cama o dia inteiro. por volta das duas da tarde escutei algumas mulheres falando do lado de fora da janela. "não sei não sobre aquele novo inquilino, às vezes só fica no quarto o dia inteiro com as persianas abaixadas, só ouvindo rádio. isso é tudo o que faz."

"eu já vi ele", disse a outra, "bêbado a maior parte do tempo, um homem horrível."

"acho que eu vou ter que pedir pra ele sair", disse a primeira.

ah, merda, pensei. ah, merda, merda merda merda merda.

desliguei o Strawinski, vesti a roupa e caminhei até o bar lá embaixo. entrei.

"ei, olha quem tá aí!!!"

"pensamos que tinham matado você!"

"você chegou a ir naquele bar de bandido?"

"só."

"então conta pra gente como é que ele é."

"preciso de um trago primeiro."

"claro, claro."

o scotch e a água chegaram. sentei-me no último banco. o brilho sujo do sol entre a 16ª e a Fairmount deu um jeito de entrar. meu dia havia começado.

"os rumores", comecei, "sobre ele ser muito barra-pesada são definitivamente verdadeiros..." então contei a eles grosso modo a mesma coisa que contei pra vocês.

o resto da história é que não pude pentear o cabelo por dois meses, retornei ao bar dos bandidos uma ou duas vezes mais, fui bem tratado e deixei Philly não muito tempo depois procurando por mais encrenca ou seja lá o que eu estava procurando. encrenca eu encontrei, mas o restante do que estava procurando ainda não encontrei. talvez nós encontremos quando morremos. talvez não. vocês têm seus livros de filosofia, seu padre, seu pregador, seu cientista, portanto não me perguntem. e fiquem longe de bares com o banheiro dos HOMENS no final da escada.

O grande casanento zen-budista

Eu estava no banco traseiro, espremido entre o pão romeno, o patê de fígado, a cerveja e os refrigerantes; de gravata verde, a primeira que usava desde a morte de meu pai, uma década antes. Ia ser padrinho de um casamento zen-budista, com Hollis dirigindo a 120 por hora e a barba descomunal de Roy me batendo na cara. Era no meu Cometa 62, o único carro que não podia guiar – não estava no seguro, com duas multas por embriaguez, e já meio alto. Fazia três anos que Roy morava com Hollis, sem serem casados, e vivia às custas dela. Eu sentado ali atrás, bebendo cerveja pelo gargalo, enquanto Roy ia descrevendo, um por um, os parentes de Hollis. Ele se defendia muito bem com a babaquice intelectual. Ou com a língua. As paredes da casa dos dois estavam cheias de fotos de caras com a cabeça aninhada entre as coxas de uma mulher, fazendo minete.

Havia também um instantâneo de Roy chegando ao orgasmo com uma punheta. Tinha tirado a foto sozinho. Quer dizer, fixou a câmara. Sem ninguém ajudar. Um pouco de corda. De arame. Alguns preparativos. Disse que precisou bater seis bronhas pra conseguir o instantâneo perfeito. Um dia inteiro de trabalho: ali estava: aquela paçoca leitosa: uma obra de arte. Hollis desviou da estrada. Já estávamos perto. Tem gente rica com alamedas de mais de um quilômetro de comprimento. Essa até que não era das piores: uns 400 metros. Descemos do carro. Jardins tropicais. Quatro ou cinco cachorros. Umas feras imensas, pretas e peludas, escorrendo baba pela boca. Nem conseguimos chegar bem na porta – lá estava ele, o ricaço, parado lá em cima no terraço, de copo na mão.

– Oi, Harvey, seu sacana, que bom ver você! – gritou Roy cá de baixo.

Harvey fez um sorrisinho amarelo.

– Que bom ver você também, Roy!

Um dos imensos pretos peludos se atracou na minha perna esquerda.

– Manda este teu cachorro parar de me morder, Harvey, seu sacana, que bom ver você! – berrei.

– Aristóteles, PARA com isso, já!

Aristóteles largou a minha perna na mesma hora. Por um triz.

E então.

Começamos a subir e descer escada com salames, escabeche húngaro de bagre, camarões. Lagostas. Bisnagas de pão. Cuzinhos moídos de pomba.

Depois já estávamos com tudo lá dentro. Sentei e peguei uma cerveja. Era o único que usava gravata. E também o único que se lembrou de levar um presente de casamento. Escondi ele entre a parede e a perna mordida por Aristóteles.

– Charles Bukowski...

Levantei.

– Ah, Charles Bukowski!

– Hum hum.

E depois:

– Este aqui é o Marty.

– Olá, Marty.

– E esta aqui é a Elsie.

– Olá, Elsie.

– É *fato* – perguntou Elsie – que você quebra móveis, vidraças, corta as mãos, tudo isso, quando bebe?

– Hum hum.
– Tá meio velho pra isso.
– Olha, Elsie, não vem com besteira pro meu lado...
– E esta aqui é a Tina.
– Olá, Tina.
Eu sentei.

Nomes! Fiquei casado dois anos e meio com a minha primeira mulher. Uma noite chegaram visitas. Eu disse pra ela: "Este aqui é o Louie, que é meio bobão, e esta é a Marie, a Rainha da Chupada Relâmpago, e este aqui é o Nick, que é meio rengo". Depois virei pra eles e disse: "Esta é a minha mulher... a minha mulher... esta é a..." Por fim tive que me virar pra ela e perguntar: "PORRA, COMO *É* MESMO O TEU NOME?".

"Bárbara."

"Esta é a Bárbara", terminei...

O sacerdote budista ainda não havia chegado. Fiquei ali sentado, tomando cerveja.

Aí chegou *mais* gente. Subindo e subindo degraus. A família de Hollis em peso. Até parecia que Roy não tinha parentes. Coitado. Jamais trabalhou um só dia na vida. Peguei outra cerveja.

Era gente que não acabava mais: ex-presidiários, espertalhões, aleijados, especialistas em tudo quanto é tipo de vigarice. A família e amigos. Às dúzias. Sem presente de casamento. Nem gravata.

Me encolhi ainda mais no meu canto.

Tinha um cara que estava todo fodido. Levou quase 25 minutos pra subir a escada. Andava com muletas feitas sob medida, coisas de aspecto bem resistente, com suporte redondo pros braços. Alças especiais aqui e ali. De alumínio e borracha. Nada de madeira pro boneco. Saquei logo: droga adulterada com água ou tapeação no pagamento. Tinha levado chumbo grosso na clássica cadeira de barbearia, com a toalha quente e úmida em cima do rosto. Só que não acertaram em certos pontos vitais.

Havia outros. Um que dava aulas na UCLA. E um que fazia contrabando com barcos de pesca chineses no porto de San Pedro.

Me apresentaram os maiores assassinos e vigaristas do século.

Quanto a mim, andava à procura de emprego.

Aí Harvey se aproximou.

– Bukowski, você não quer um pouco de uísque com água?

– Claro, Harvey, lógico.

Fomos pra cozinha.

– Pra que a gravata?

– A parte de cima do fecho da calça emperrou. E a cueca está muito apertada. A ponta da gravata serve pra cobrir os pentelhos salientes, logo acima do meu pau.

– Na minha opinião você é o maior contista moderno. Não tem ninguém que se compare a você.

– Lógico, Harvey. Onde está o uísque?

Harvey mostrou a garrafa.

– Passei a beber só desta marca depois que você mencionou em seus contos.

– Mas já mudei de marca, Harv. Descobri outras muito melhores.

– Como é que se chama?

– Porra, pensa que me lembro?

Encontrei um copo grande, enchi a metade de uísque e o resto de água.

– Pros nervos – expliquei. – Sabia?

– Claro, Bukowski.

Tomei tudo de um gole.

– Que tal outra dose?

– Mas claro.

Peguei o copo cheio de novo e voltei ao salão. Fui sentar no meu canto. A todas essas, o maior rebu: o sacerdote budista havia CHEGADO!

O sacerdote budista vestia um traje pra lá de extravagante e andava de olhos franzidos. Ou quem sabe seriam assim mesmo?

Ele precisava de mesas. Roy corria de um lado pro outro tentando encontrar.

A todas essas, o sacerdote mantinha-se imperturbável, todo cortês. Esvaziei o copo e fui buscar outra dose. Voltei.

Uma criança de cabelo louro entrou correndo na sala. Teria uns onze anos.

– Bukowski, li alguns dos seus contos. Acho que você é o maior escritor que eu conheço!

Cabelo comprido, crespo e louro. De óculos. E corpo magrinho.

– Tá, meu bem. Cresce e aparece. Aí a gente casa. Pra viver da tua grana. Vá, tô ficando meio cansado. Você pode sair por aí, me exibindo numa espécie de jaula de vidro, com furinhos pra eu poder respirar. Deixo a rapaziada transar com você. Sou capaz até de assistir.

– Bukowski! Não sou menina! Meu nome é Paul! Já fomos apresentados! Não se *lembra*?

O pai de Paul, Harvey, estava me olhando. Vi os seus olhos. Então soube que ele tinha decidido que eu não era um escritor tão bom assim, no final das contas. Talvez fosse até um mau escritor. Bem, ninguém consegue se esconder para sempre.

Mas o garoto até que foi legal:

– Não faz mal, Bukowski! Pra mim você ainda é o maior escritor que já li! Papai permitiu que eu lesse algumas das histórias que você escreveu...

De repente as luzes se apagaram. Era o que o garoto merecia por ser linguarudo...

Mas surgiu vela por tudo quanto foi lado. Todo mundo se pôs à procura, andando pra lá e pra cá.

– Besteira, é só o fusível. Basta trocar – lembrei.

Alguém discordou, disse que não, que devia ser outra coisa, aí desisti e enquanto prosseguia a busca de velas fui buscar mais uísque na cozinha. Porra, lá estava o Harvey, parado perto da geladeira.

– Você tem um belo filho, Harvey. O menino, o Peter...

– Paul.

– Desculpe. É a Bíblia.

– Compreendo.

(Os ricos compreendem; só que não tomam nenhuma providência.)

Harvey tirou a rolha de outra garrafa. Conversamos sobre Kafka. Dos. Turgeniev, Gogol. Toda essa baboseira chatérrima. Aí já tinha vela por tudo quanto era lado. O sacerdote budista queria continuar com a cerimônia. Roy havia me dado as alianças. Apalpei. Ainda estavam no bolso. Todo mundo esperava por nós. E eu que Harvey caísse estatelado no chão com todo aquele uísque. Enquanto eu bebia um, ele tomava dois e continuava firme. Isso não é nada normal. Já tínhamos esvaziado a metade da garrafa em dez minutos de claridade. Saímos ao encontro do pessoal aglomerado no salão. Entreguei as alianças a Roy. O sacana, dias antes, havia comunicado ao sacerdote budista que eu era bêbado – indigno de confiança – por fraqueza ou maldade – e portanto, durante a cerimônia, nada de pedir alianças ao Bukowski, que talvez nem esteja por perto. Ou então nem se lembra onde deixou. Ou está vomitando. Ou, simplesmente, tomou chá de sumiço.

De modo que ei-las ali, finalmente. O sacerdote budista começou a folhear o livrinho preto. Não parecia ser muito grosso. Umas 150 páginas, no máximo.

– Por favor – pediu –, não bebam nem fumem durante a cerimônia.

Esvaziei o copo. Me coloquei à direita de Roy. No salão só se via gente aproveitando até a última gota.

Foi então que o sacerdote budista fez aquele sorrisinho de besta.

O rito nupcial cristão eu, infelizmente, já sabia de cor e salteado, por experiência própria. E a cerimônia budista, na verdade, era bem parecida, só que com um pouco mais de frescuras. A certa altura acendiam-se três varetas. O sacerdote tinha uma caixa cheia delas – duzentas ou trezentas. Depois de acesas, colocavam uma no meio de um vaso de areia. Era a do oficiante. Aí ele pedia pra Roy botar a dele, também acesa, de um lado, e pra Hollis botar a dela do outro.

Mas as varetas não ficaram direito. O sacerdote, sorrindo de leve, precisou se aproximar pra endireitá-las pra que chegassem a novas profundezas e elevações.

Depois tirou do bolso um colarzinho de contas escuras e entregou a Roy.

– Agora? – perguntou Roy.

Puta merda, pensei, o Roy sempre foi tão metido a sabido. Como é que não sabe nada do seu próprio casamento?

O sacerdote se adiantou e pôs a mão direita de Holli espalmada na esquerda de Roy. E assim ambas ficaram unidas pelo colarzinho de contas.

– Você, Roy, aceita...
– Sim..
(Isso é que é Zen?, pensei.)
– E você, Hollis...
– Sim...

Enquanto isso, à luz de velas, tinha um imbecil tirando centenas de fotos da cerimônia. Fui ficando nervoso. Podia ser o FBI.

– *Plict! Plict! Plict!*

Claro que todos ali eram inocentes. Mas ao mesmo tempo aquilo irritava, pela falta de precauções.

Foi então que reparei, sempre à luz de velas, nas orelhas do sacerdote budista. Eram transparentes, como se feitas do mais fino papel higiênico.

O tal sacerdote tinha as orelhas mais delicadas de homem que já havia visto. Era *isso* que tornava ele santo! *Precisava* conseguir aquelas orelhas pra mim! Pra usar na carteira, dar pro gato lá em casa ou guardar de lembrança. Ou botar embaixo do travesseiro.

Claro que sabia que era tudo efeito de muito uísque com água e cerveja, mas, por outro lado, não sabia de nada disso.

Não parava de olhar, hipnotizado pelas orelhas do sacerdote budista.

E as palavras também continuavam.

– ...e você, Roy, promete não tomar droga nenhuma enquanto durar seu relacionamento com Hollis?

Houve uma hesitação constrangedora. Depois, com as mãos presas pelo colarzinho de contas, Roy respondeu:

– Prometo...

De repente tudo acabou. Ou pareceu acabar. O sacerdote budista permaneceu impassível, sorrindo só com o canto da boca.

Bati no ombro de Roy.

– Parabéns.

Depois me curvei. Peguei a cabeça de Hollis e beijei aquela boca bonita.

Mesmo assim ninguém se mexeu. Um país de retardados mentais.

Todo mundo continuava imóvel no mesmo lugar. As velas brilhavam como se fossem também debiloides.

Me aproximei do tal sacerdote. Apertei-lhe a mão:

– Obrigado. Você oficiou muito bem a cerimônia.

Pareceu realmente satisfeito, o que me deixou um pouco mais tranquilo. Mas o resto daqueles gângsteres – a velha confraria da corrupção política e a Máfia: eram muito orgulhosos e bestas demais pra apertar a mão de um asiático. Só teve um que beijou Hollis. E outro que apertou a mão do sacerdote budista. Dava impressão de um casamento na polícia. Com toda aquela *família*! Bom, eu seria o último a ficar sabendo ou a quem contariam.

Agora que a cerimônia tinha terminado, o ambiente ali dentro parecia de puro gelo. Ficaram simplesmente sentados, olhando uns pros outros. Jamais conseguiria entender a raça humana, mas *alguém* tinha que bancar o palhaço. Arranquei a gravata do colarinho e sacudi no ar:

– EI! SEUS CHUPADORES DE PIROCA! NINGUÉM ESTÁ COM FOME?

Me aproximei da mesa e comecei a pegar queijo, pata de porco apimentada e xota de galinha. Um punhado de pernósticos se animou, veio vindo e, sem saber o que fazer, se atracou na comida.

Deixei todos lá, mordiscando, e saí à cata de uísque e água.

Enquanto estava na cozinha, me reabastecendo, ouvi o sacerdote budista dizer:

– Agora tenho que ir.

– Oooh, não vá...

Era a voz de uma velha esganiçada, presente à maior reunião de gângsteres dos últimos tempos. E mesmo ela não me parecia sincera.

O que é que eu estava fazendo ali, no meio daquela gente? E o profe da UCLA? Essa não, seu lugar era ali mesmo.

Tinha que haver um pouco de contrição. Ou algo equivalente. Qualquer coisa que humanizasse o lance.

Quando ouvi o sacerdote budista fechar a porta da frente, esvaziei o copo de uísque de um gole. Atravessei correndo o salão cheio de velas e de tagarelas cretinos, achei a porta (o que não me pareceu por um instante nada fácil), abri, tornei a fechar e eis-me do lado de fora... a uns 15 passos de distância de "mestre" Zen. Faltavam mais 45 ou 50 passos pra chegar ao estacionamento.

Fui diminuindo a distância, mal me equilibrando direito – enquanto ele dava um passo, eu avançava dois.

Gritei:

– Ei, mestre!

"Mestre" Zen se virou.

– Pois não, meu velho?

Velho?

Ficamos os dois parados, olhando um pro outro, na escadaria em forma de S, naquele jardim tropical enluarado. Dir-se-ia o momento ideal pra se iniciar um relacionamento maior.

Então exigi:

– Você tem que me dar essas orelhas de sacana ou essa porra de traje – esse roupão de letreiro luminoso que tá usando!

– Meu velho, você enlouqueceu!

– Pensei que um zen-budista não fosse chegado a esse tipo de declaração categórica implacável. Você tá me decepcionando, "mestre"!

Zen uniu as mãos espalmadas e levantou os olhos pro céu.

Repeti:

– Você tem que me dar essa porra de traje ou essas orelhas sacanas!

Continuou de mãos postas, olhando pro céu.

Mergulhei escada abaixo, saltando degraus, mas mesmo assim que nem raio, o que impediu que rachasse o crânio, e enquanto caía na direção dele procurei apoio, mas era puro ímpeto, como algo que rebenta sem rumo. "Mestre" Zen me pegou e segurou em pé com firmeza.

– Meu filho, meu filho...

Estávamos frente a frente. Larguei-lhe o braço. Acertei quase em cheio. Chegou a silvar feito cobra. Recuou um passo. Desfechei outro murro. Errei o alvo. Fui parar bem à esquerda dele, em cima de umas plantas importadas do quinto dos infernos. Levantei. Me aproximei dele de novo. E, com a claridade da lua, enxerguei a parte da frente da minha calça – salpicada de sangue, pingos de vela e vômito.

– Encontrou o teu mestre, seu crápula! – anunciei, avançando contra ele.

Ficou esperando. Todos aqueles anos trabalhando de pau pra toda obra não tinham me amolecido a musculatura por completo. Apliquei-lhe um violento soco na boca do estômago, com a força total dos meus 120 quilos.

"Mestre" Zen soltou um leve suspiro, implorou outra vez aos céus, murmurou qualquer coisa naquela língua oriental dele e me desfechou um rápido golpe de karatê, de misericórdia, que me lançou sobre uma série de cactos mexicanos insensíveis e no que, a meus olhos, pareceram plantas carnívoras das matas brasileiras. Fiquei repousando ao luar até que uma flor roxa foi se aproximando do meu nariz e começou, delicadamente, a me prender a respiração.

Porra, aquilo devia ter levado 150 anos, no mínimo, pra ser catalogado pela Universidade de Harvard. Não havia outra saída: me desvencilhei daquele troço e comecei a me arrastar de novo pela escada acima. Quando já estava quase lá no alto, me pus de pé, abrindo a porta, e entrei. Ninguém notou. Continuavam dizendo besteiras. Desabei no meu canto. O golpe de karatê tinha aberto um corte na sobrancelha esquerda. Achei o lenço.

– Porra! Preciso de um trago! – berrei.

Harvey apareceu de copo na mão. Cheio de uísque. Esvaziei logo. Por que será que o zum-zum das criaturas humanas tem que ser tão insensato? Reparei que a mulher que me havia sido apresentada como mãe da noiva agora estava mostrando um bocado de coxas, bem aproveitáveis, por sinal, com todo aquele nylon e os caríssimos sapatos de salto agulha, sem falar na pontinha cravejada de joias, perto dos dedões do pé. Qualquer idiota seria capaz de ficar de pau duro, e não fugi à regra.

Levantei, cheguei perto da mãe da noiva, ergui-lhe a saia até as coxas, beijei depressa os joelhos bonitos e comecei a abrir caminho com a língua.

A luz das velas propiciava. Tudo.

– Ei! – acordou, de repente –, que que você pensa que está *fazendo*?

– Vou te foder até arrancar as tripas, vou te foder até te arrancar merda do rabo! Que que acha da ideia?

Ela me empurrou e caí de costas no tapete. Depois estiquei o corpo, me debatendo, tentando levantar.

– Amazona de merda! – gritei-lhe.

Por fim, três ou quatro minutos mais tarde, consegui me pôr de pé. Alguém soltou uma gargalhada. Aí então, sentindo os pés apoiados de novo no chão, saí rumo à cozinha. Enchi o copo e esvaziei. Depois enchi outra vez e voltei pro salão.

Lá estavam eles: toda aquela porrada de parentes.

– Roy ou Hollis? – perguntei. – Por que vocês não abrem o presente que dei pra vocês?

– Claro – disse Roy –, por que não?

O pacote tinha sido embrulhado em 45 metros de papel prateado. Roy não parava mais de desembrulhar. Afinal conseguiu tirar tudo.

– Feliz casamento! – gritei.

Todo mundo viu. O salão ficou num silêncio de morte.

Era um pequeno caixão de defunto, fabricado à mão pelos melhores artesãos espanhóis. Tinha até forro de feltro cor-de-rosa. A cópia fiel de um ataúde de tamanho normal, com a única diferença, talvez, de ter sido feito com maior carinho.

Roy me fulminou com um olhar homicida, arrancou o cartão com instruções sobre a conservação do verniz da madeira, jogou dentro do caixão e fechou a tampa.

O silêncio continuava sinistro. O único presente não havia sido digerido direito por aquele pessoal. Mas logo se refizeram e começaram a dizer besteira de novo.

Fiquei calado. Havia me orgulhado tanto do meu caixãozinho. E passado horas a fio à procura de um presente. A ponto de quase enlouquecer. Aí então, de repente, deparei com ele na prateleira de uma loja, completamente esquecido. Passei a mão por fora, virei de um lado pro outro, e por fim olhei dentro. O preço era alto, mas estava pagando pelo acabamento perfeito. Pela madeira. Pelas minúsculas dobradiças. Por tudo, enfim. Ao mesmo tempo, precisava de um spray inseticida. Descobri umas latas de Bandeira Preta nos fundos da loja. As formigas tinham feito um formigueiro embaixo da minha porta da frente. Havia uma garota atendendo no balcão. Coloquei tudo diante dela. Apontei pro esquife.

– Sabe o que é isto?
– O quê?
– É um caixão de defunto!

Abri a tampa e mostrei.

– Aquelas formigas tão me deixando maluco. Sabe o que vou fazer?
– O quê?
– Vou matar *todas*, botar neste caixão, e depois enterro!

Deu uma risada.

– Essa me salvou o dia!

Não adianta a gente querer impressionar essa juventude de hoje; pertence a uma raça completamente superior. Paguei e dei o fora de lá...

Mas agora, no casamento, ninguém achou graça. Uma panela de pressão, enfeitada com fita vermelha, teria deixado todo mundo contente. Ou será que não?

Harvey, o ricaço, afinal, foi o mais amável. Talvez porque pudesse se dar a esse luxo. Então me lembrei de uma coisa que tinha lido, uma ideia dos antigos chineses:

– O que é que você prefere, ser rico ou artista?

– Prefiro ser rico, pois parece que o artista está sempre sentado diante da porta dos ricos.

Bebi no gargalo e não me preocupei mais com nada. Não sei como foi, mas quando dei por mim a festa tinha acabado. Estava no banco traseiro do meu carro, com Hollis dirigindo de novo e a barba de Roy me batendo na cara. Bebi no gargalo.

– Escuta aqui, vocês botaram fora o meu caixãozinho? Eu amo vocês dois, sabiam?! Por que é que vocês jogaram fora o meu caixãozinho?

– Olha, Bukowski! O teu caixão tá aqui!

Roy levantou o esquife e mostrou pra mim.

– Ah, que bom!

– Quer que te devolva?

– Não! Não! Dei pra vocês! O único presente que ganharam! Guardem! Por favor!

– Tá legal.

O resto do percurso transcorreu em relativo silêncio. Eu morava na entrada de um pátio perto de Hollywood (lógico). O estacionamento estava difícil. Aí encontram espaço a meio quarteirão do meu endereço. Pararam e me entregaram as chaves. Vi então os dois atravessarem a rua e entrarem no carro deles. Me virei e comecei a andar na direção de casa, mas enquanto olhava pros dois e segurava o resto da garrafa de Harvey tropecei na bainha da calça e me estatelei no chão. Como caí de costas, o meu primeiro impulso instintivo foi proteger o que sobrava daquele ótimo uísque pra não se espatifar na pedra da calçada (a mãe com o filhinho no colo) e por isso tentei atenuar a queda com os ombros, mantendo a cabeça e a garrafa erguidas. Salvei a garrafa, mas bati com a nuca na calçada, e foi aquele ESTRONDO!

Os dois lá, parados, assistiram tudo. Fiquei atordoado, quase a ponto de não sentir coisa alguma, mas consegui gritar pra eles no outro lado da rua:

– Roy! Hollis! Me ajudem até lá na porta de entrada, por favor! Eu me machuquei!

Hesitaram um pouco, olhando pra mim. Depois entraram no carro, ligaram o motor, se recostaram no assento e simplesmente foram embora.

Estava sendo castigado por alguma coisa. O esquife? Seja lá o que fosse – o uso do meu carro, ou eu bancando o palhaço e/ou padrinho... compensava de sobra. A raça humana sempre me causou nojo. Intrinsecamente, o que torna tudo nojento é a morbidez do relacionamento familiar, o que abrange casamento, intercâmbio de poder e auxílio, e isso, feito ferida, uma lepra, transforma-se então: no vizinho de porta, na redondeza, no bairro, na cidade, no município, no estado, no país... em todo mundo, um agarrado ao cu do outro, na colmeia da sobrevivência pela imbecilidade de um medo animalístico.

Compreendi tudo, ali caído no chão, enquanto me deixavam implorando em vão.

Mais cinco minutos, pensei. Se conseguir ficar mais cinco minutos aqui, sem ser importunado, eu me levanto, vou até a porta e entro. Era o último dos proscritos. Billy The Kid não levava vantagem sobre mim. Mais cinco minutos. Me deixem ao menos chegar lá no meu antro. Eu me recupero. Da próxima vez que for convidado pra uma das funções deles, eu digo onde é que eles podem enfiar. Cinco minutos. É só o que eu preciso.

Duas mulheres iam passando. Se viraram e olharam pra mim.

– Olha, espia só. Que será que houve com ele?

– Tá bêbado.
– Não estará doente, não?
– Não, vê só como se agarra naquela garrafa. Como se fosse uma criança de colo.

Ah! Porra. Gritei pras duas:
– VOU CHUPAR A BUCETA DE VOCÊS DUAS ATÉ SECAR ESSAS XOTAS, SUAS VACAS!
– Ooooooh!

Saíram correndo para o apartamento no alto prédio todo de vidro. Pela porta de vidro também. E eu ali fora, sem poder me levantar, padrinho de um troço qualquer. Só precisava chegar em casa – a 30 passos dali, uma distância que parecia a três milhões de anos-luz. Trinta passos de uma porta da frente alugada. Mais dois minutos e conseguiria. Cada vez que tentava, ficava mais forte. O bêbado veterano sempre dá um jeito, é só ter tempo suficiente. Um minuto. Mais um minuto. Podia ter conseguido.

Aí eles apareceram. Parte da desvairada estrutura familiar do Mundo. Loucos, na verdade, que nem questionavam os motivos que os levavam a agir como agiam. Deixaram as duas luzes vermelhas acesas quando estacionaram. Depois desceram do carro. Um trazia lanterna.

– Bukowski – disse o da lanterna –, parece que não há jeito de você não se meter em enrascada, não é?

Sabia o meu nome de algum lugar. De outras vezes.

– Olha aqui – expliquei –, eu apenas tropecei. Bati com a cabeça. Nunca perco a lucidez nem a coerência. Não sou perigoso. Por que não me ajudam a chegar lá em casa? Fica a 30 passos daqui. Me deixem apenas cair na cama e ferrar no sono. Não acham, mesmo, que seria a coisa mais decente que se podia fazer?

– Duas senhoras reclamaram que você tentou violentá-las.
– Cavalheiros, eu *jamais* tentaria violentar duas senhoras ao mesmo tempo.

O guarda continuava assestando aquela luz idiota da lanterna na minha cara. Dava-lhe uma grande sensação de superioridade.

– Apenas 300 passos pra Liberdade! Será que vocês não compreendem?

– Você é o espetáculo mais engraçado da cidade, Bukowski. Precisa arrumar um álibi melhor do que esse.

– Bom, então vamos ver – esta coisa que veem aqui esticada na calçada é o resultado final de um casamento, de um casamento zen-budista.

– Tá querendo dizer que alguma mulher quis realmente *casar* com você?

– *Comigo* não, seu idiota...

O guarda da lanterna bateu com ela no meu nariz.

– Nós exigimos respeito com os representantes da lei.

– Desculpem. Por um instante esqueci.

O sangue escorreu pelo pescoço e depois sobre a camisa. Me senti exausto – de tudo.

– Bukowski – perguntou o que acabara de usar a lanterna –, por que você insiste em se meter em enrascadas?

– Corta esse papo furado – retruquei –, e vamos logo pro distrito.

Colocaram as algemas e me jogaram no banco de trás. A mesma cena triste de sempre.

Saíram rodando sem pressa, falando de várias coisas possíveis e malucas – por exemplo, uma reforma pra ampliar a varanda da frente da casa, ou uma piscina, ou um quarto extra nos fundos pra Vovó. E quando se tratava de esportes – eram homens *de verdade* –, os Dodgers ainda tinham chance, mesmo com dois ou três outros times em pé de igualdade. De volta ao espírito familiar – a vitória dos Dodgers seria deles também. Se o homem chegava na lua, *eles* também chegavam. Mas fosse um faminto pedir-lhe uma esmola – nada de identificação, foda-se, cabeça de bagre. Quando andavam à paisana, bem entendido. Ainda está pra nascer o cara faminto que se atreva a pedir grana pra guarda. Nossa ficha está limpa.

Então me passaram no moedor. Depois de estar a pouco mais de 25 metros da minha casa. Depois de ser o único humano numa casa com 59 pessoas.

Eis-me ali, mais uma vez, nesse tipo de fila interminável dos que têm culpa no cartório. Os mais moços nem sabiam o que vinha pela frente. Se atrapalhavam com esse negócio de CONSTITUIÇÃO e com os seus DIREITOS. Os guardas calouros, tanto do corpo policial urbano como do municipal, faziam treinamento com bêbados. Tinham que provar habilidade no cargo. Enquanto fiquei observando, meteram um cara no elevador, subiram e desceram com ele, pra baixo e pra cima, e quando ele saiu mal dava pra reconhecer quem era ou o que tinha sido – um negro clamando pelos Direitos Humanos. Depois pegaram um branco, que gritava qualquer coisa a respeito de DIREITOS CONSTITUCIONAIS; quatro ou cinco guardas pegaram ele e levaram tão rápido pelos ares que os pés mal encostavam no chão; e quando voltaram com o cara, encostaram o infeliz na parede e ele ficou simplesmente ali, tremendo, com aqueles vergões vermelhos pelo corpo todo – ficou ali tremendo, arrepiado da cabeça aos pés.

Tiraram meu retrato de tudo quanto foi ângulo de novo. E as impressões digitais também.

Me levaram lá pra baixo, pra cela dos bêbados. Abriram a porta. A partir daí, a questão se limitava a encontrar lugar no chão entre 150 homens detidos. Uma única latrina. Vômito e mijo por todos os lados. Tinha encontrado uma posição entre meus semelhantes. Me chamava Charles Bukowski, constava dos arquivos literários da Universidade da Califórnia em Santa Bárbara. Alguém lá me considerava genial. Me estendi no soalho. Ouvi uma voz juvenil. De garoto.

– Moço, posso te chupar a pica por 25 cents!

A polícia devia confiscar todos os trocados, notas, carteira de identidade, chaves, canivetes etc., além dos cigarros, e depois entregar o recibo. Que se perdia, vendia ou roubavam da gente. Mesmo assim sempre havia dinheiro e cigarro por lá.

– Sinto muito, meu filho – retruquei –, me deixaram sem dinheiro nenhum.

Quatro horas depois consegui dormir.

Ali.

Padrinho de um casamento zen-budista; e aposto que os dois, a noiva e o noivo, nem sequer foderam naquela noite. Mas alguém se fodeu.

Buk 68

De
Cartas na rua

Na cama, eu tinha alguma coisa na minha frente, mas não conseguia fazer nada com ela. Eu chacoalhava e chacoalhava e chacoalhava. Vi foi muito paciente. Continuei me esforçando e batendo, mas eu tinha bebido demais.

– Desculpe, baby – eu disse. Então rolei para o lado. E fui dormir.

Depois alguma coisa me acordou. Era Vi. Ela tinha me deixado duro e cavalgava em cima de mim.

– Vai, baby, vai! – eu disse.

Uma vez ou outra eu arqueava as costas. Ela me olhava com olhos entreabertos e vorazes. Eu estava sendo estuprado por uma feiticeira loira! Por um momento, aquilo me excitou.

Então tive de lhe dizer:

– Merda! Desça, baby! Foi um dia difícil para mim. Da próxima vez, será melhor.

Ela desapeou. A coisa foi descendo como um elevador expresso.

Pela manhã, escutei-a andando à minha volta. Andava e andava e andava.

Eram dez e meia. Eu estava me sentindo enjoado. Não queria encará-la. Mais quinze minutos. Depois eu sairia.

Ela me sacudiu.

– Escute, quero que se mande daqui antes que minha namorada apareça!

– E daí? Trepo com ela também.

– Ô – ela riu –, claro que sim.

Me levantei. Tossi, pigarreei. Devagarzinho fui entrando nas roupas.

– Você faz eu me sentir um traste – eu disse. – Não posso ser tão ruim assim! Deve haver algo de bom em mim.

Finalmente me vesti. Fui até o banheiro e passei uma água no rosto, ajeitei os cabelos. Se eu pudesse ao menos ajeitar essa cara, pensei, mas não posso.

Retornei.

– Vi.

– Sim?

– Não fique muito zangada. A culpa não foi sua. Foi o álcool. Já aconteceu antes.

– Está bem. Mas então você não deveria beber tanto. Mulher nenhuma gosta de chegar atrás de uma garrafa.

– Por que você não aposta em mim numa nova corrida?

– Ah, pare com isso!

– Escuta, você precisa de algum dinheiro, baby?

Levei a mão à carteira e puxei um vintão. Estendi-lhe a nota.

– Nossa, você *é* um doce!

Sua mão tocou meu rosto, ela me beijou gentilmente ao lado da boca.

– Dirija com cuidado agora.

– Claro, baby.

Dirigi com cuidado a distância até o hipódromo.

breves viagens nem à Lua nem a lugar algum

vocês
nenhum rosto
nenhum rosto
em absoluto
rindo de nada –
vou contar a vocês
eu bebi em quartos vagabundos com
bebuns imbecis
cuja causa era melhor
cujos olhos ainda tinham certa luz
cujas vozes mantinham sensibilidades,
e quando a manhã chegava
estávamos mal mas não doentes,
pobres mas não iludidos,
e nos espreguiçávamos em nossas camas e levantávamos
no fim da tarde
como milionários.

[Lafayette Young]
1º de dezembro de 1970

[...] ninguém entende os alcoólatras... eu comecei a beber cedo... aos 16 e 17, e na manhã seguinte eu sempre levava – aqueles olhares, aquele ódio. claro, meus pais me odiavam de qualquer maneira. Mas eu me lembro de dizer a eles uma manhã: "Jesus, só porque fiquei bêbado... Vocês me tratam como um assassino..." "Isso mesmo! Isso mesmo!", eles disseram, "o que você fez é pior do que assassinato!", eles falavam sério. bem, o que eles queriam dizer era que estavam sendo desonrados socialmente por mim na frente dos vizinhos, e até podia existir desculpa para um assassinato, mas para beber... nunca, por deus, não! Eles deviam estar falando sério, porque, quando a guerra chegou, insistiram que eu me juntasse ao assassinato... era socialmente aceitável.

[Para Steve Richmond]
1º de março de 1971

[...] beber é bom para um cara da sua idade, se ele precisar se esticar e obter os sons da cabeça aos pés. você tem um lugar bom aí para fazer isso. pode não ser tão bom no verão com todos os banhistas trotando com suas bundas feias, mas no inverno, é aí. o melhor com a bebida, no entanto, é esperar até um pouquinho antes do pôr do sol e aí começar, lentamente, com música clássica tocando. é um bom momento para escrever – depois de mais ou menos uma hora bebendo. o charuto. a sensação de paz, embora você saiba que é temporário, então mesmo nas sensações de paz você pode dizer coisas belicosas, deixe rolar. abrace a diversão.

[Para John Bennett]
22 de março de 1971

[...] vou ficar na seca – talvez por um longo tempo – a bebida está me deixando um farrapo – tenho 50 anos – bebendo faz mais de 33 – vou descansar um pouquinho. surras demais. eu realmente quase caí morto, não que *isso* seja ruim, é estar *doente* que é ruim, incapaz de suportar toda a merda dessa existência imprestável. não sei por quanto tempo consigo andar na linha mas meio que vou tentar.

na seca

Stevens bebia e quebrava garrafas quase
na mesma medida.
ele as estourava na pia
com a torneira correndo,
juntava os cacos e
me dizia,
"Chega. Pra mim acabou. Estou
na seca!"
nós conversávamos por uma hora
e aí ele dizia
"Vamos lá na esquina
comprar o jornal"
chegávamos lá e ele dizia
"Espera um minuto, estou sem
cigarro"
quando chegávamos de volta
ele sentava e me olhava por um tempo
e aí tirava o meio litro,
rasgava o celofane, destampava a garrafa
e a virava nos
lábios... "Aaaaah!
A fim de um gole?"
por fim se mudou para Cincinnati
e acho que ainda faz

a mesma coisa.
eu?
eu larguei a bebida
ontem.

beber

para mim
era ou
é
uma maneira de
morrer
com botas nos pés
e arma
fumegante e
música sinfônica
de fundo.

beber sozinho,
quero dizer.
beber só pode ser
assim –
beber sozinho
estar sozinho
sentando as partes
sentindo as partes.

claro que
beber pode
te
matar
uma ducha fria
pode

ou uma pintura de
Gauguin
ou um cão velho
num dia
quente.

só posso supor
que mil andorinhas
cruzando as alturas
de um céu de
mármore
ao mesmo tempo
poderiam
matar.

é por isso que
bebo: espero por
alguma coisa
parecida.

os anjos do domingo

domingo à noite em Los Angeles é o cemitério da nação,
todos estão à espera da manhã de segunda.
entramos na *Shakey's* de qualquer maneira.
claro, não estavam passando nenhum filme.
parecia mais um necrotério
7 pessoas lá dentro.
meu amigo Dutch era louco, trabalhava 7 dias por
  semana,
e comprou um chapéu de palha de um dos garçons
por uma prata, me deram um de
graça.
ficamos lá comendo pizza e tomando cerveja.
"Bukowski", Dutch disse, "você deve ser chinês, seus
  olhos
são só pequenas fendas, mas seu nariz é grande demais
  então você
não pode ser um chinês."
depois ele juntou algumas cadeiras e se esticou.
eu tinha bebido o dia todo, então quando o cara
  veio e se
sentou ao piano eu
me levantei e dancei
jogando meu chapéu no ar e pegando de volta.
as 7 pessoas ficaram me olhando.
mandei um beijo para uma velha de cabelos grisalhos,
mas não havia nada que eu pudesse fazer pela noite

não havia nada que eu pudesse fazer pela cidade.
a noite e a cidade estavam mortas.
não havia nem polícia por perto.
sacudi o Dutch.
"vamos, eu quero ficar bêbado sozinho."
saímos, Dutch roubando a jarra de cerveja.
lá fora ele mijou desenhos no estacionamento.
então entramos no carro e nos mandamos de lá,
apenas dois velhos sem mulheres
em Los Angeles
o cemitério dominical da nação,
e a minha maior excitação da manhã ao fim da noite
foi quando queimei meus dedos
acendendo um cigarro na frente da minha porta.
então entrei e fiquei bêbado,
sozinho.

De

"Charles Bukowski responde a 10 perguntas fáceis"

Pergunta: Qual, você diria, é a melhor marca de cerveja americana no mercado hoje?

Bukowski: Bem, essa é um pouco difícil. A Miller é a que desce mais fácil no meu sistema, mas cada novo lote da Miller parece ter um sabor um pouco pior. Tem algo acontecendo ali que não me agrada. Parece que estou gradualmente me bandeando para a Schlitz. E eu prefiro cerveja na garrafa. Cerveja em lata definitivamente solta um gosto metálico. As latas são convenientes para lojistas e cervejarias. Sempre que vejo um homem bebendo de uma lata eu penso: "eis um idiota". Além disso, a cerveja engarrafada precisa vir numa garrafa marrom. A Miller erra de novo em colocar a bebida numa garrafa branca. A cerveja precisa ser protegida tanto do metal quanto da luz.

É claro que, se você tiver dinheiro, é melhor subir o nível e comprar as cervejas mais caras, as importadas ou as americanas mais bem produzidas. Em vez de um dólar e 35 você vai gastar um dólar e 75 ou 2 e 25 e daí para cima. O sabor é imediatamente perceptível. E você pode beber mais com menos ressaca. A maioria das cervejas americanas comuns é quase um veneno, principalmente as que saem das torneiras nos hipódromos. Essa cerveja literalmente é um nojo, quer dizer, ela fede mesmo. Se você precisa comprar uma cerveja no hipódromo, é melhor deixar descansar por 5 minutos antes de beber. Tem alguma coisa sobre o oxigênio chegando ali que tira um pouco do fedor. O líquido é simplesmente verde.

A cerveja era bem melhor antes da Segunda Guerra Mundial. Ela tinha um gosto *marcante*, vinha cheia de pequenas bolhas cortantes. É uma lavagem agora, estritamente sem graça. Você se vira com o que tem.

A cerveja é melhor para escrever e conversar do que o uísque. Você pode ir mais longe e ainda fazendo sentido. Claro, muito depende do falante e do escritor. Mas a cerveja engorda, bastante, e diminui o desejo sexual, quer dizer, tanto no dia em que você está bebendo quanto no dia seguinte. Beber pesado e amar pesado raramente andam de mãos dadas depois dos 35 anos de idade. Eu diria que um bom vinho gelado é a melhor saída, e ele deve ser bebido lentamente após uma refeição, talvez com apenas uma pequena taça antes de comer.

Beber pesado é um substituto para a companhia e é um substituto para o suicídio. É um estilo de vida secundário. Não gosto de bêbados, mas não posso negar que bebo um pouquinho de vez em quando. Amém.

bêbado
o velho Bukowaki
bêbado

    eu seguro a borda da mesa
    com a barriga pendurada no
    cinto

    e encaro meu abajur
    fumaça se dissipando
    sobre
    North Hollywood

    os rapazes largam os mosquetes
    erguem alto a cerveja verde

    enquanto caio do sofá
    beijo pelos do tapete como
    pelos de xota

    não estive tão perto por
    longo tempo.

De
"Notas sobre a vida de um poeta idoso"

A maioria dos poetas lê mal. São ou muito vaidosos ou muito estúpidos. Leem ou muito alto ou muito baixo. E, é claro, a maior parte de suas poesias é ruim. Mas o público nem liga. Querem ver personalidade. E riem no momento errado e gostam dos poemas errados pelas razões erradas. Mas maus poetas geram maus espectadores; decadência chama mais decadência. No início, tive que fazer a maior parte das minhas leituras embriagado. Tinha o medo, é claro, medo de ler para eles, mas a repulsa era mais forte. Em algumas universidades, eu simplesmente sacava a garrafa e bebia enquanto lia. Acho que funcionava – os aplausos eram satisfatórios e a leitura não me doía tanto, mas eu não era convidado a voltar. Só fui convidado uma segunda vez em lugares onde não bebi durante a leitura. Grande dimensão da poesia eles tinham. Entretanto, vez que outra, um poeta se depara com uma plateia mágica e tudo faz sentido. Não consigo explicar como isso acontece. É muito estranho – é como se o poeta fosse a plateia e a plateia fosse o poeta. A coisa flui.

As festas depois das leituras podem levar a grandes alegrias e/ou desastres. Lembro-me de uma ocasião em que, depois de uma leitura, o único quarto que estava disponível para mim era no dormitório feminino, então fomos todos para lá, os professores e alguns dos alunos, e depois que todos haviam partido eu ainda tinha um resto de uísque e um resto de vida e olhei para o teto e bebi. Aí me dei conta de que, afinal, eu era O VELHO SAFADO, então saí do meu quarto e andei por ali batendo nas portas e pedindo para entrar. Não tive muita sorte. As garotas foram simpáticas, riram. Andei por ali batendo nas portas e pedindo para entrar. Logo eu estava perdido e não conseguia achar meu quarto. Pânico. Perdido em um dormitório feminino. Demorei o que me pareceram muitas horas para achar meu quarto de novo. Acredito que as aventuras que as leituras proporcionam são o que podem possivelmente transformá-las em algo mais do que um meio de sobrevivência.

Uma vez o cara que foi me buscar no aeroporto chegou bêbado. Eu não estava completamente sóbrio. Durante o trajeto, li para ele um poema de sacanagem que uma mulher havia escrito para mim. Estava nevando e as estradas estavam escorregadias. Quando cheguei a um trecho particularmente erótico meu amigo disse "Ai, meu Deus!" e perdeu o controle do carro e nós giramos e giramos e giramos, e eu disse a ele enquanto estávamos girando, "Acabou, André, não vamos escapar dessa!" e saquei minha garrafa e então caímos numa vala e ficamos presos. André saiu para pedir carona; aleguei velhice e fiquei no carro enxugando minha garrafa. E quem nos recolheu? *Outro bêbado*. Tínhamos latas de cerveja espalhadas pelo chão e um quinto de uma garrafa de uísque. Aquela acabou sendo uma leitura e tanto.

Numa outra leitura, em algum lugar em Michigan, deixei os poemas de lado e perguntei se alguém queria fazer uma queda de braço. Então enquanto 400 alunos formavam um círculo à nossa volta, fui para o chão com outro aluno e começamos. Eu venci e então todos nós saímos e enchemos a cara (depois que peguei meu cheque). Creio que nunca mais repetirei essa performance.

Claro, há vezes em que você acorda na casa de uma mulher, na cama com ela, e se dá conta de que você se aproveitou de sua poesia ou que alguém se aproveitou dela. Não creio que um poeta tenha mais direito a um delicioso corpo jovem do que um mecânico de oficina, se tanto. É isso que estraga o poeta: tratamento especial ou sua própria concepção de que é especial. É claro, eu sou especial, mas não creio que isso se aplique a muitos dos outros...

minha senhoria e meu senhorio

    56, inclinada
    pra frente
    na cozinha
    2h25 da
    manhã
    mesmo suéter
    vermelho
    buracos nos
    cotovelos

    fazer algo pra ele
    COMER
    ele pede
    com o
    mesmo rosto
    vermelho

              3 anos atrás
              nós derrubamos uma árvore
    brigando
              depois que ele me pegou
    beijando
              ela.

cerveja aos
litros
tomamos
               cerveja ruim
                       aos
               litros

ela levanta
e
começa a
fritar
algo

               a noite toda
cantamos canções
canções de 1925 d.
C. a
                       1939 d.
C.

               falamos sobre
               saias curtas
               Cadillacs o
               governo republicano
               a depressão
               impostos
               cavalos
               Oklahoma

pronto
seu filho da puta,
ela diz.

bêbado
eu me inclino pra frente e
como.

As venezianas

Eu me mudei pra Filadélfia em busca de paz e sossego depois de Nova York. Depois de pagar uma semana de aluguel numa pensão, desci a rua pra procurar o bar mais próximo. Meia quadra. Entrei e me sentei. Ficava na parte pobre da cidade, e o bar tinha cinquenta anos. Dava pra sentir o bafo de meio século de urina e merda que vinha dos banheiros até o bar.

Pedi um chope. Todo mundo falava e gritava por todos os cantos do bar. Era diferente dos bares de Los Angeles ou dos bares de São Francisco ou dos bares de Nova York ou dos bares de Nova Orleans ou dos bares de qualquer uma das cidades nas quais eu já tinha estado.

Eram 4h30 da tarde. Dois caras estavam brigando no meio do recinto. Todo mundo ignorou os dois e continuou conversando e bebendo. O cara na minha direita se chamava Danny, e o cara na esquerda, Jim. Uma garrafa veio girando pelo ar e quase pegou o nariz do Danny. Ele arreganhou os dentes enquanto ela passava raspando por seu cigarro. Então se virou e disse a um dos brigões:

– Passou bem perto, seu filho da puta! Me manda uma dessas de novo e você vai ver o que é uma briga de verdade!

Então se virou de volta.

Quase todos os assentos estavam ocupados. Fiquei me perguntando de onde vinham aquelas pessoas, como haviam chegado ali. Jim era mais quieto, mais velho, tinha um rosto muito vermelho. Ele tinha um tipo de cansaço manso criado por milhares de ressacas. Se alguma vez na vida eu vi um bar dos perdidos e condenados, foi aquele.

Havia mulheres no bar: uma sapatona que bebia como se não gostasse, algumas donas de casa, gordas, alegres e meio bobas, e duas ou três senhoras independentes que já tinham vivido tempos melhores. Enquanto eu bebia uma garota se levantou e saiu com um homem. Ela voltou em cinco minutos.

– Helen! Helen! Como você consegue?

Ela riu e não disse nada. Outro cara saltou do assento pra experimentar.

– Deve ser bom. Também quero!

Helen voltou em cinco minutos e se sentou com sua bebida.

– Ela deve ter uma bomba de sucção no lugar da buceta!

Todos riram. Helen riu.

– Preciso experimentar isso aí – disse um velho perto da parede. – Não fico de pau duro desde que o Teddy Roosevelt conquistou sua última colina.

Helen demorou dez minutos com esse.

– Eu quero um sanduíche – disse um cara. – Quem pode fazer uma corrida pra me trazer um sanduíche?

– Eu posso – falei.

Fui até o cara.

– Ok – ele disse –, eu quero um rosbife no pão doce, com tudo. Você sabe onde fica o Hendrick's?

– Não.

– Uma quadra na direção oeste, do outro lado da rua. Não tem como errar.

Ele me deu o dinheiro.

– Fica com o troco.

Fui até o Hendrick's. Vi um velho muito barrigudo atrás do balcão.

– Rosbife no pão doce, com tudo, vou levar para um bêbado ali no Sharkey's. E uma cerveja pra este bêbado aqui.

– A gente não tem de barril.

– Pode ser de garrafa.

Bebi a cerveja, voltei com o sanduíche e me sentei. Uma dose de uísque surgiu na minha frente. Assenti um obrigado com a cabeça e bebi. Música tocando na jukebox.

Veio de trás do bar um sujeito com aparência jovem, de uns 22 anos. Ele não era o bartender.

– Eu preciso que alguém limpe as venezianas por aqui.

– Precisa mesmo. Chapas mais imundas eu nunca vi.

– As garotas limpam as bucetas com elas. Não só isso, mas também perdi cinco ou seis daquelas lâminas lá em cima.

– Provavelmente tem espaço pra mais – eu disse.

– Sem dúvida. O que você faz?

– Eu busco sanduíches.

– E que tal as venezianas?

– Quanto?

– Cinco pratas.

– Fechado.

Billy Boy (esse era o nome dele – ele tinha casado com a dona do bar, moça de uns 45 anos, e tomado conta) me trouxe dois baldes, água com sabão, trapos, esponjas, e eu tirei e deitei duas persianas e comecei.

– A bebida é de graça – disse Tommy, o bartender da noite –, contanto que você esteja trabalhando.

– Uma dose de uísque, Tommy.

Fui até o bar, bebi a dose e voltei para os baldes. Era um trabalho lento, a poeira tinha se assentado numa crosta dura. Cortei minhas mãos várias vezes, e elas doíam e ardiam no contato com a água ensaboada.

– Uma dose de uísque, Tommy.

Finalmente terminei uma das venezianas e a fixei de novo no alto. Os frequentadores do bar se viraram e admiraram meu trabalho.

– Meu Jesus. Que beleza.
– O ambiente fica melhor sem dúvida.
– Provavelmente vão subir o preço das bebidas.
– Uma dose de uísque, Tommy.

Bebi a dose no bar e voltei pra pegar outra veneziana. Puxei, tirei as lâminas e deitei todas na mesa. Ganhei um quarto de dólar do Jim na máquina de pinball, depois esvaziei os baldes na latrina e peguei água limpa. Música tocando na jukebox.

Essa segunda janela tomou mais tempo. Cortei as mãos um pouco mais. Os frequentadores pararam de brincar comigo. Era trabalho normal. A diversão tinha sumido. Eu duvidava que aquelas venezianas tivessem recebido alguma limpeza em dez anos. Eu era um herói, um herói de cinco dólares, mas ninguém me dava valor. Ganhei outro quarto de dólar no pinball, e aí Billy Boy me gritou pra voltar ao trabalho. Retomei a limpeza. Helen passou por mim. Eu a chamei. Ela estava se dirigindo à latrina das mulheres.

– Helen, vou ter cinco pratas quando terminar aqui. Essa quantia é suficiente?

– Claro, mas o seu pau não vai levantar depois de toda essa bebedeira.

– Baby, você não reconhece um homem de verdade quando vê um.

Ela riu.

– Vou estar aqui na hora de fechar. Se você ainda conseguir ficar de pé, dou pra você de graça.

– Vou estar de pé *como um poste*, baby!

Helen riu de novo e seguiu na direção da latrina.

– Uma dose de uísque, Tommy.

– Ei, pega leve – Billy Boy disse –, assim você não termina hoje o serviço.

– Billy, se eu não terminar você fica com os seus cinco.
– Combinado – Billy disse. – Todo mundo aí ouviu? Se as venezianas não estiverem prontas na hora de fechar ele não ganha nada.
– Nós ouvimos, Billy, seu pão-duro.
– Nós te ouvimos, Billy.
– Uma pra viagem, Billy.

Tommy me deu outro uísque, eu bebi e retomei a limpeza. Comecei a ficar emburrado. Todo mundo estava sentado, bebendo e rindo, e eu ali esfregando a crosta encardida das venezianas. Mas eu precisava dos cinco. Havia três janelas. Depois de não sei quantos uísques, deixei as três venezianas prontinhas e brilhantes.

Fui até o bar, peguei outro uísque e falei:
– Ok, Billy, pode me pagar. Terminei o serviço.
– Você não terminou, Hank.
– Por que nao?
– Tem mais três janelas no salão dos fundos.
– Salão dos fundos?
– Salão dos fundos. É o salão de festas.

Fui até os fundos com ele. Havia mais três janelas.
– Mas, Billy, nunca vem ninguém aqui.
– Vem sim, às vezes a gente usa esse salão.
– Podemos fechar por dois e cinquenta, Billy.
– Não, se não fizer todas você não ganha nada.

Eu voltei, peguei meus baldes, despejei a água, enchi de água limpa com sabão e aí tirei uma das venezianas. Não havia ninguém no salão dos fundos. Separei as lâminas, botei numa mesa e fiquei olhando. Fui buscar outro uísque, voltei com o copo e me sentei. Meu desejo tinha sumido.

Jim passou por mim a caminho da latrina, parou.
– O que houve?
– Não vou conseguir, Jim. Outra veneziana eu não aguento.

– Espera um minuto.

Quando saiu da latrina, Jim foi até o bar e voltou com sua cerveja. Ele começou a limpar as lâminas.

– Não tem problema, Jim, pode deixar.

Jim não respondeu. Eu fui até o bar e peguei outro uísque. Na volta, vi uma das senhoras tirando a veneziana da outra janela.

– Cuidado pra não se cortar – falei enquanto me sentava.

Minutos depois havia quatro ou cinco pessoas à minha volta, homens e mulheres, todos trabalhando nas venezianas, conversando e rindo. Dali a pouco todos os frequentadores do bar estavam à minha volta, até mesmo Helen. Não pareceu levar muito tempo. Encaminhei mais dois uísques. E serviço encerrado. Billy Boy voltou.

– Não preciso te pagar – ele disse.
– Porra, o serviço está feito.
– Mas não foi você que fez.
– Deixa de ser pão-duro, Billy – alguém disse.
– Tá bom. Mas ele tomou vinte copos de uísque.

Billy achou os cinco no bolso, eu peguei a nota e voltamos todos para o bar.

– Tá bom – anunciei –, bebida pra todo mundo! Pra mim também.

Botei os cinco no balcão.

Tommy foi servindo as bebidas. Alguns me agradeceram com a cabeça, outros disseram obrigado.

– Obrigado a você – eu dizia.

Bebi a minha bebida e Tommy pegou os cinco.

– Você deve ao bar $3,15 – ele disse.
– Coloca na conta.
– Ok. Nome?
– Chinaski.
– Chinaski. Você já ouviu aquela do polaco que...
– Já ouvi.

As bebidas não saíram da minha frente até a hora de fechar. No último copo, olhei em volta. Duas da manhã, hora de fechar. Nem sinal de Helen. Helen havia escapado. Helen havia mentido. Igual às outras vadias, pensei, com medo de uma trepada longa e árdua...

Eu me levantei e tomei o rumo da pensão. A caminhada era curta, e a lua iluminava tudo. Meus passos ecoavam; era quase como se alguém estivesse me seguindo. Olhei em volta. Não era verdade. Eu estava totalmente sozinho.

Notas de um velho safado

Foi isso que matou Dylan Thomas.
   Entro no avião com minha namorada, o técnico de som, o câmera e o produtor. A câmera está ligada. O técnico de som tinha prendido microfones de lapela em minha namorada e em mim. Estou a caminho de São Francisco para fazer uma leitura de poesia. Sou Henry Chinaski, poeta. Sou profundo, sou magnífico. Caralho. Bem, sim, sou um cara do caralho.

O Canal 15 está pensando em fazer um documentário sobre mim. Estou vestindo uma camisa nova e limpa, e minha namorada está vibrante, magnífica, recém-entrada nos trinta. Ela esculpe, escreve e faz amor maravilhosamente bem. A câmera esbarra em meu rosto. Finjo que não está ali. Os passageiros observam, a aeromoça sorri, a terra é roubada dos índios, Tom Mix está morto e eu tive um belo café da manhã.

Mas não consigo deixar de pensar nos anos em quartos solitários, quando as únicas pessoas que batiam à minha porta eram as senhorias cobrando o aluguel atrasado ou o FBI. Vivia com ratos e camundongos e vinho, meu sangue escorria pelas paredes em um mundo que não conseguia compreender e ainda não compreendo. Em vez de levar a vida que eles levavam, eu passava fome. Fugia para dentro de minha própria mente e me escondia. Fechava todas as cortinas e ficava olhando para o teto. Quando saía, era para ir a um bar onde eu mendigava por bebida, andava a esmo, apanhava nos becos de homens bem alimentados e confiantes, de homens idiotas e com vidas confortáveis. Bem, ganhei algumas lutas, mas só porque era louco. Fiquei anos sem mulher, vivia de manteiga de amendoim e pão amanhecido e batatas cozidas. Eu era o idiota, o estúpido, o louco. Queria escrever, mas a máquina de escrever estava sempre penhorada. Então eu desistia e bebia...

O avião decolou e a câmera continuou gravando. Minha namorada e eu conversávamos. As bebidas chegavam. Eu tinha poesia e uma bela mulher. A vida estava melhorando. Mas as armadilhas, Chinaski, cuidado com as armadilhas. Você lutou uma longa batalha para submeter o mundo à sua vontade. Não deixe que um pouco de adulação e uma câmera de cinema o derrubem dessa posição. Lembre-se do que disse Jeffers: "Até mesmo os homens mais fortes podem ser pegos em armadilhas, como Deus, na vez em que caminhou sobre a Terra".

Bem, você não é Deus, Chinaski, relaxe e beba outro copo. Talvez deva dizer algo profundo para o técnico de som? Não, deixe-o trabalhar. Deixe todos trabalharem. Eles que estão fazendo o filme. Veja o tamanho das nuvens. Você está voando com executivos da IBM, da Texaco, da...

Está andando com o inimigo.

No elevador do aeroporto um homem me pergunta:

– O que são todas essas câmeras? O que está acontecendo?

– Sou um poeta – eu lhe digo.

– Um poeta? – ele pergunta. – Qual o seu nome?

– García Lorca – respondo...

Bem, em North Beach as coisas são diferentes. Eles são jovens e vestem jeans e ficam por ali, apenas esperando. Sou velho. Onde estão os jovens de 20 anos atrás? Onde está Joltin' Joe?*
Essa coisa toda. Bem, eu estava em São Francisco 30 anos atrás e evitava North Beach. Agora estou caminhando justamente

---

* Referência ao grande astro do *baseball* americano Joe DiMaggio. (N.T.)

por aqui. Vejo minha cara nos pôsteres por toda a parte. Cuidado, velho, a armadilha está pronta. Eles querem seu sangue.

Minha namorada e eu caminhamos com Marionetti. Bem, aqui estamos nós caminhando por aí com Marionetti. É bom estar com Marionetti, ele tem olhos muito gentis e as jovens o param na rua para falar com ele. Agora, creio, poderia ficar em São Francisco... mas sou muito inteligente para isso, para mim, é melhor voltar para Los Angeles, a metralhadora já está montada na janela da frente do casarão. Eles podem ter conquistado Deus, mas Chinaski recebe seus conselhos do diabo.

Marionetti vai embora e lá está uma cafeteria *beatnick*. Nunca estive em uma. Estou em uma cafeteria *beatnick*. Minha namorada e eu pedimos o melhor... a xícara de 60 centavos. Grande coisa. Não vale o preço. Os garotos ficam sentados, bebericando seus cafés e esperando que a vida aconteça. Não vai acontecer.

Atravessamos a rua e entramos em uma cafeteria italiana. Marionetti está de volta com o seu amigo do *San Francisco Chronicle*, que escreveu, em sua coluna, que eu era o melhor contista que tinha surgido desde Hemingway. Digo-lhe que está errado. Não sei quem é o melhor contista desde Hemingway, mas não é Henry Chinaski. Sou muito descuidado. Não me esforço tanto quanto deveria. Estou cansado.

O vinho sobe a cabeça. Vinho ruim. A atendente traz uma sopa, salada, uma tigela de raviólis. Outra garrafa de vinho ruim. Estamos já muito estufados para comer o prato principal. A conversa está solta. Não nos esforçamos para ser brilhantes. Talvez não possamos ser. Saímos.

Caminho atrás deles enquanto seguimos colina acima. Caminho com minha bela namorada. Começo a vomitar. Vinho tinto ruim. Salada. Sopa. Raviólis. Sempre vomito antes de uma leitura. É um bom sinal. A lâmina está afiada. A faca está em meu estômago enquanto subo a colina.

Eles nos colocam em uma sala, nos deixam algumas garrafas de cerveja. Olho para os meus poemas. Estou apavorado. Vomito na pia, vomito no banheiro, vomito no chão. Estou pronto.

O maior público desde Yevtushenko...* *Caminho pelo palco.* Fodão. Chinaski é fodão. Há uma geladeira cheia de cervejas atrás de mim. Espicho o braço e pego uma. Sento e começo a ler. Eles pagaram 2 dólares pelo ingresso. Pessoas bacanas, essas daí. Alguns, no entanto, são bastante hostis desde o começo. ⅓ deles me odeia, ⅓ me ama, o outro terço não sabe por que, raios, está ali. Tenho alguns poemas que sei que aumentarão o ódio. É bom ter hostilidade, mantém a cabeça relaxada.

– Laura Day poderia se levantar? Poderia o meu amor ficar de pé, por favor?

Ela se levanta acenando com os braços.

Começo a ficar mais interessado na cerveja do que na poesia. Falo entre os poemas, palavras banais e secas, monótonas. Sou Humphrey Bogart. Sou Hemingway. Sou foda.

– Leia os poemas, Chinaski! – gritam eles.

Eles estão certos, vocês sabem. Tento me ater aos poemas. Mas passo também bastante tempo abrindo e fechando a porta da geladeira atrás de mim. Isso facilita o trabalho e eles já pagaram. Certa vez me contaram que John Cage subiu no palco, comeu uma maçã e saiu, ele recebeu mil dólares por isso. Imaginei que tinha ainda algumas cervejas para beber.

Bem, por fim terminou. Eles deram a volta. Autógrafos. Vieram de Oregon, Los Angeles, Washington. Algumas garotinhas bem bonitas também. Foi isso que matou Dylan Thomas.

Voltei lá para cima, para minha sala, bebendo cerveja e falando com Laura e Joe Krysiak. Lá embaixo, eles batem à porta.

---

* Poeta russo. Famoso por suas leituras de poesia nos anos 1960. (N.T.)

– Chinaski! Chinaski!

Joe desce para mandá-los embora. Sou um astro de rock. Finalmente desço e deixo uns poucos entrarem. Conheço alguns deles. Poetas famintos. Editores de pequenas revistas. Alguns dos que entram, eu não conheço. Tudo bem, tudo bem... tranque a porta!

Bebemos. Bebemos. Bebemos. Al Masantic cai no banheiro e abre o topo da cabeça. Um poeta muito bom, aquele Al.

Bem, todos estão falando. Não passa de outra bebedeira. Então o editor de uma pequena revista começa a bater em um veado. Não gosto disso. Tento separá-los. Uma janela está quebrada. Empurro-os escada abaixo. Empurro todo mundo pela escada, exceto Laura. A festa acabou. Bem, não exatamente. Laura e eu discutimos. Meu amor e eu estamos discutindo. Ela tem um temperamento forte e eu não fico atrás. Só para variar, estamos brigando por nada. Digo a ela que suma dali. Ela some.

Acordo horas depois e ela está em pé no meio do quarto. Salto da cama e a xingo. Ela está partindo pra cima de mim.

– Vou matar você, seu filho da puta!

Estou bêbado. Ela está em cima de mim no chão da cozinha. Minha cara está sangrando. Ela morde o meu braço e abre um buraco. Não quero morrer. Não quero morrer! Foda-se a paixão! Corro para a cozinha e derramo meia garrafa de iodo sobre meu braço. Ela está jogando minhas bermudas e camisas para fora de sua mala, pegando sua passagem de avião. Ela está seguindo o seu rumo outra vez. Terminamos tudo para sempre, outra vez. Volto para a cama e escuto seus saltos descendo a colina.

No avião de volta, a câmera está gravando. Aqueles sujeitos do Canal 15 vão descobrir sobre a minha vida. A câmera dá um zoom no buraco em meu braço. Na minha mão, trago um copo de uísque. Dose dupla.

– Senhores – digo –, não há como acertar as coisas com as mulheres. Absolutamente não há como.

Todos balançam a cabeça em consentimento. O técnico de som assente com a cabeça, o câmera assente com a cabeça, o produtor assente com a cabeça. Alguns dos passageiros assentem com a cabeça. Bebo muito durante todo o trajeto de volta, saboreando meu pesar, como dizem. O que pode um poeta sem o sofrimento? O poeta precisa de sofrimento tanto quanto de sua máquina de escrever.

Claro, vou para o bar do aeroporto. Teria ido para lá de qualquer maneira. A câmera me segue. Os sujeitos no bar olham ao redor, erguem suas bebidas e falam de como é impossível fazer as coisas funcionarem com as mulheres.

Pela leitura, recebi 400 dólares.

– Para que esse negócio da câmera? – pergunta o sujeito ao meu lado.

– Sou um poeta – respondo.

– Um poeta? – ele pergunta. – Qual o seu nome?

– Dylan Thomas.

Ergo meu copo, esvazio-o de uma só vez, olho diretamente em frente. Estou de partida.

mais um poema sobre um bêbado e depois eu deixo vocês irem embora

"cara", ele disse sentado nos degraus.
"seu carro precisa com certeza de uma limpeza e
    uma cera.
posso fazer por 5 pratas.
tenho a cera, tenho os panos, tenho tudo
que preciso."

eu lhe dei 5 e subi.
quando desci 4 horas mais tarde
ele estava sentado nos degraus, bêbado.
ele me ofereceu uma lata de cerveja.
disse que ia fazer o carro
no dia seguinte.

Ele me ofereceu uma bebida.

no dia seguinte ele estava bêbado de novo e
eu lhe emprestei um dólar para uma garrafa de
vinho. o nome dele era Mike.
um veterano da Segunda Guerra Mundial.
sua mulher trabalhava como enfermeira.

no outro dia quando desci ele estava sentado
nos degraus. ele disse,
"sabe, eu estava sentado aqui olhando seu carro
pensando como fazer melhor.
quero fazer bem feito mesmo".

no dia seguinte Mike disse que parecia que estava com
    jeito de chuva
e com certeza não faria qualquer sentido
lavar e polir um carro quando ia chover.

no dia seguinte estava outra vez com jeito de chuva.
e no outro dia.

depois nunca mais o vi.
vi sua mulher e ela disse,
"levaram Mike para o hospital,
ele está todo inchado, dizem que é de
beber".

"escute", eu lhe disse, "ele falou que ia polir meu
carro. eu lhe dei 5 dólares para polir meu
carro."

Estava bebendo com sua mulher
quando o telefone tocou.

BUK

eu estava sentado na cozinha deles
bebendo com a mulher dele
quando o telefone tocou.
ela me passou o telefone.
era Mike. "ouça", ele disse, "venha para cá e
me busque. eu não aguento mais este
lugar."

quando cheguei lá
não quiseram me entregar as roupas dele
e assim Mike caminhou até o elevador em seu roupão de
hospital.
seguimos em frente e havia um garoto no
elevador comendo um picolé.
"ninguém tem permissão para sair daqui de roupão",
ele disse.

"você dirige esta coisa, garoto", eu disse,
"nós cuidamos do roupão."

parei na loja de bebidas para 2 engradados de meia
    dúzia
e então dirigi para casa. bebi com Mike e sua mulher
    até
as 11 da noite.
então subi.

"onde está Mike?", perguntei para a mulher dele 3 dias
depois.

"Mike morreu", ela disse, "ele se foi."

"sinto muito", eu disse, "sinto muito, mesmo."

choveu por uma semana depois disso e
imaginei que o único jeito de conseguir aqueles 5
    de volta
seria ir para a cama com a mulher dele
mas você sabe
ela se mudou uns dois dias
depois
e um cara velho de cabelos brancos
se mudou para lá.
ele era cego de um olho e
tocava trompete.
de jeito nenhum eu faria aquilo
com ele.

assim, tive eu que lavar e polir meu próprio carro.

em nome do amor e da arte

estou diante da máquina de escrever
esperando a embriaguez.
minha namorada escultora
quer fazer uma de mim
pelado e bêbado
garrafa na mão
pança de cerveja bolas pendentes pau pendente
caindo pelo tapete
e rolando
de volta.
bem,
é uma honra.
um dia estarei provavelmente morto
e vão olhar essa coisa em argila
(ela diz que vai fazer com
⅝ do tamanho)
e lá estarei sentado
segurando minha cerveja:
O BÊBADO
Rodin fez "O pensador",
agora teremos "O BÊBADO".

ela vai chegar com a Polaroid
pra tirar umas poses

tão logo eu fique bastante bêbado.
fico repetindo a ela,
sabe, eu vivo minha vida só pra você,
eu devia escrever uma canção a respeito.

mas ela não acredita em mim.
mas ela devia acreditar em mim.
aqui estou eu
bebendo uísque e cerveja.
não sei quantas vezes vou ter que
encher a cara de modo a perpetuar
sua Arte. talvez ela leve muito tempo
pra terminar essa escultura e quero muito
que fique autêntica.

espero que o meu sacrifício seja
lembrado por longo tempo.
levanto meu copo e forço mais um
grande gole.
meu deus, como amo essa mulher!
melhor ela fazer esse pau direito.

o juiz da detenção de bêbados

o juiz da detenção de bêbados se
atrasa como qualquer outro
juiz e ele é
jovem
bem alimentado
educado
mimado e
de boa
família.

nós bêbados apagamos nossos cigarros e aguardamos sua
misericórdia.

os que não conseguiram pagar fiança são
os primeiros. "culpado", eles dizem, todos eles dizem
"culpado".
"7 dias." "14 dias." "14 dias e aí você vai
pra segurança mínima." "4 dias." "7 dias."
"14 dias."

"juiz, os caras acabam com a raça da gente
lá dentro."

"próximo caso, por favor."

"7 dias." "14 dias e aí você vai pra
segurança mínima."

o juiz da detenção de bêbados é
jovem e
superalimentado. ele
comeu refeições demais. ele é
gordo.

os bêbados de fiança são
os próximos. ficamos em longas filas e
ele nos despacha
rápido. "2 dias ou 40 dólares." "2 dias ou 40
dólares." "2 dias ou 40 dólares." "2 dias ou
40 dólares."

somos uns 35 ou
40.
o tribunal é na San Fernando Road entre os
ferros-velhos.

quando chegamos no oficial ele
nos diz
"sua fiança é aplicável."

"o quê?"

"sua fiança é aplicável."

a fiança é de $50. a corte fica com os
dez.

nós saímos e entramos em nossos
velhos automóveis.
na maioria nossos carros parecem piores
dos que os dos
ferros-velhos. alguns de nós
nem temos
automóveis. somos quase todos
mexicanos e brancos pobres.
o pátio ferroviário é do outro lado da
rua. o sol está forte
pra valer.

o juiz tem
pele
muito macia e
delicada. o juiz tem
papada
gorda.

andando e dirigindo deixamos pra trás o
tribunal.

justiça.

algumas pessoas nunca enlouquecem

algumas pessoas nunca enlouquecem.
eu, por exemplo, me deitarei atrás do sofá
por 3 ou 4 dias.
me encontrarão ali.
é Querubim, dirão, e
verterão vinho por minha garganta
esfregarão meu peito
hão de me ungir com óleos.

então, me erguerei com um rugido,
um brado, fúria –
amaldiçoarei a todos e ao universo
enquanto lançarei seus pedaços sobre o
gramado.
me sentirei muito melhor
sentado junto a ovos e torradas,
murmurando uma cançãozinha,
de súbito me torno tão adorável e
rosado como
uma baleia empanturrada.

algumas pessoas nunca enlouquecem.
que vidas verdadeiramente horrendas
elas devem levar.

Notas de um velho safado

Nós dois estávamos algemados. Os policiais nos levaram escada abaixo entre eles e nos sentaram no fundo. Minhas mãos estavam sangrando no estofado, mas eles não pareciam se importar com o estofado.

O nome do garoto era Albert e Albert estava ali sentado e falou:

– Meu Deus, vocês querem dizer que vão me levar e me trancar num lugar onde eu não posso comprar doces e cigarros e cerveja, onde eu não posso escutar o meu toca-discos?

– Para de choramingar, tá bom? – pedi ao garoto.

Eu não tinha pisado na detenção de bêbados por uns seis ou oito anos. Já estava na hora, já estava mais do que na minha hora. Era como dirigir por todo esse tempo sem uma única multa de trânsito – eles simplesmente te pegariam no fim das

---
* Libertem os bêbados. (N.E.)

contas se você dirigisse e te pegariam no fim das contas se você bebesse. Na disputa visitas à detenção de bêbados vs. multas de trânsito a detenção de bêbados ganhava de 18 a sete. O que demonstra que sou melhor motorista do que bebedor.

Era o presídio municipal e Albert e eu nos separamos no registro. Mesma coisa de sempre com exceção do médico me perguntando como eu tinha cortado as mãos.

– Uma mulher me trancou do lado de fora – falei –, então eu quebrei a porta, uma porta de vidro.

O médico botou um band-aid no pior corte e eu fui levado à detenção.

Nada de novo. Sem beliches. Trinta e cinco homens esparramados pelo chão. Havia uns mictórios e umas privadas. Ai ai ai.

Os homens eram na maioria mexicanos e os mexicanos tinham na maioria entre 40 e 68 anos. Havia dois negros. Nenhum chinês. Nunca vi um chinês numa detenção de bêbados. Albert estava lá num canto conversando mas ninguém prestava atenção, ou talvez alguém prestasse porque de vez em quando se ouvia "Deus do céu, cala essa boca, cara!".

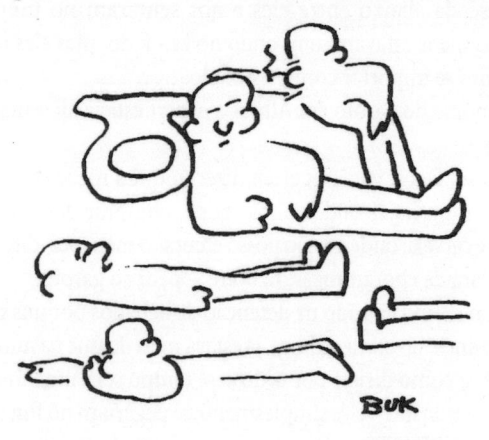

Um cara dormindo com a cabeça contra o mictório.

Eu era o único em pé. Fui até um dos mictórios. Um cara estava dormindo com a cabeça encostada no mictório. Os caras estavam todos ao redor dos mictórios e das latrinas, mas não usando, estavam agrupados em volta deles. Eu não queria passar por cima dos caras, então acordei o cara encostado no mictório.

– Seguinte, meu velho, eu quero mijar e a sua cabeça está grudada no mictório.

Nunca dá para dizer quando algo assim vai render briga, então fiquei de olho no cara. Ele deslizou o corpo e eu mijei. Depois cheguei a menos de um metro do Albert.

– Consegue um cigarro, garoto?

O garoto tinha cigarro. Ele tirou um do maço e jogou na minha direção. O cigarro veio rolando pelo chão e eu consegui pegar.

– Alguém tem fósforo? – perguntei.

– Aqui.

Era um morador de rua branco. Eu peguei a caixa, risquei um fósforo e devolvi.

– Qual é o problema com o seu amigo? – ele perguntou.

– Ele é só um garoto. Tudo é novidade pra ele.

– Melhor você aquietar o garoto se não quiser que eu resolva na porrada, então me ajuda, não consigo aguentar a conversa fiada.

Eu fui até o garoto e me ajoelhei junto dele.

– Albert, dá um tempo. Não sei que merda você tomou antes de a gente se conhecer, mas todas as suas frases são fragmentadas, você não fala nada com nada. Dá um tempo.

Voltei até o centro da detenção e olhei em volta. Um cara grandalhão de calça cinza estava deitado de lado. As calças estavam rasgadas na virilha e as cuecas apareciam. Tinham tirado nossos cintos para que não nos enforcássemos.

A porta da cela se abriu e um mexicano de quarenta e poucos anos avançou cambaleando. Ele era, como se costuma

O boxeador das sombras.   BUK

dizer, forte como um touro. E chifrava como um touro. Ele entrou na detenção e começou um treino de sombra. Desferiu uns bons socos no ar.

As duas bochechas, no alto, perto do osso, tinham cortes vermelhos e crus. A boca toda era só uma mancha de sangue. Quando ele abria a boca, tudo ali era vermelho. Era uma boca difícil de esquecer.

Ele desferiu mais alguns socos, pareceu errar um golpe forte, perdeu equilíbrio e caiu de costas. Enquanto caía ele arqueou as costas de modo que quando bateu no cimento a curva das costas levou o golpe, mas ele não conseguiu firmar a cabeça, ela disparou para trás, o pescoço praticamente agiu como uma alavanca e a parte de trás da cabeça foi lançada contra o cimento. Houve o som, depois a cabeça quicando para o alto, depois caindo de novo. Ele não se mexia.

Eu fui até a porta da cela. Os policiais andavam para lá e para cá com papéis, fazendo coisas. Eram todos uns sujeitos bonitões, os uniformes muito limpos.

– Ei, pessoal! – eu gritei. – Tem um cara aqui que precisa de cuidados médicos, urgente!

Eles simplesmente continuaram andando para lá e para cá com seus afazeres.

– Olha só, vocês estão me ouvindo? Tem um homem aqui que precisa de cuidados médicos, muito urgente!

Eles simplesmente continuaram andando e sentando, escrevendo em folhas ou conversando uns com os outros. Voltei para o meio da cela. Um cara no chão me chamou.

– Ei, cara!

Eu fui até ele. Ele me alcançou seu comprovante de bens. Era cor-de-rosa. Eram todos cor-de-rosa.

– Quanto eu tenho de bens?

– Detesto te dizer isso, amigo, mas está escrito "nada".

Eu devolvi o comprovante.

– Ei, cara, quanto eu tenho? – outro cara me perguntou.

Eu li o dele e devolvi.

– Mesma coisa; você não tem nada.

– Como assim, nada? Eles pegaram meu cinto. Meu cinto não é alguma coisa?

– Não, a menos que você consiga comprar uma bebida com ele.

– Você tem razão.

– Ninguém tem cigarro? – perguntei.

– Você sabe enrolar?

– Sei.

– Eu tenho os ingredientes.

Eu fui até o cara e ele me deu os papéis e um pouco de tabaco Bugler. Os papéis estavam todos grudados.

– Meu amigo, você encharcou os seus papéis de vinho.
– Que bom, enrola pra gente. Talvez a gente fique bêbado.

Enrolei dois, acendemos, e aí eu fui até a porta da detenção e fiquei encostado nela e fumei. Fiquei olhando todos eles ali deitados, imóveis, no chão de cimento.

– Seguinte, cavalheiros, vamos conversar – eu disse. – Não rende nada só ficar aí atirado. Qualquer um pode ficar atirado. Me contem algo. Vamos descobrir alguma coisa. Quero escutar vocês.

Não houve sequer um som. Eu comecei a caminhar pela cela.

– Olha só, estamos todos esperando pela próxima bebida. Podemos saborear a primeira agora. O vinho que vá pro inferno. Nós queremos cerveja gelada, uma cerveja gelada pra começar os trabalhos, pra tirar a poeira da garganta.

– É – alguém falou.

Eu continuei caminhando.

– Todo mundo está falando de libertação agora, é o assunto do momento, sabe. Vocês sabem disso?

Nenhuma resposta. Eles não sabiam disso.

– Tá bom, digo eu, vamos libertar os vagabundos e os alcoólatras. O que há de errado com um vagabundo? Alguém pode me dizer o que há de errado com um vagabundo?

– Bem, eles fedem e são feios – disse um cara.

– Os alcóolatras também. Eles nos vendem o troço pra beber, não vendem? Aí nós bebemos e eles nos botam na cadeia. Eu não entendo. Por acaso alguém entende isso?

Nenhuma resposta. Eles não entendiam.

A porta da detenção se abriu e um policial apareceu.

– Todo mundo levantando. Vamos nos mudar pra outra cela.

Eles se puseram de pé e foram saindo pela porta. Todos menos o touro. Eu e outro cara fomos até o touro e o erguemos. Abraçados nele, atravessamos a porta e o corredor.

Os policiais ficaram só nos olhando. Quando chegamos à detenção seguinte, deitamos o touro no meio do piso. A porta da cela se fechou.

– Como eu estava dizendo... bem, o que é que eu estava dizendo? Ok, os que têm dinheiro aqui, nós pagamos fiança, somos multados. O dinheiro que pagamos é usado para pagar quem nos prendeu e nos manteve trancafiados, e o dinheiro é usado para que eles tenham condição de nos prender de novo. Ora, eu digo, se você quiser chamar isso de justiça você pode chamar de justiça. Eu chamo de esfregar merda na nossa cara.

– O alcoolismo é uma doença – disse um cara estirado de costas.

– Isso é um clichê – eu disse.

– O que é um clichê?

– Quase tudo. Ok, é uma doença, mas sabemos que eles não sabem disso. Eles não botam pessoas com câncer na cadeia e as fazem deitar no chão. Eles não as multam e batem nelas. Nós somos os vagabundos. Nós precisamos de libertação. Devemos fazer passeatas: "LIBERDADE PARA OS ALCOÓLATRAS".

– O alcoolismo é uma doença – disse o mesmo cara estirado de costas.

– Tudo é uma doença – eu disse. – Comer é uma doença, dormir é uma doença, foder é uma doença, coçar a bunda é uma doença, você não entende?

– Você não sabe o que é doença – disse alguém.

– Uma doença é algo geralmente infeccioso, algo difícil de você se livrar, algo que pode matar você. O dinheiro é uma doença. Tomar banho é uma doença, pescar é uma doença, os calendários são uma doença, a cidade de Santa Mônica é uma doença, o chiclete é uma doença.

– E o que dizer das tachinhas?

– Sim, as tachinhas também.

– O que é que não é doença?

– Agora – eu disse –, agora nós temos um tema para reflexão. Agora temos algo pra nos ajudar a passar a noite.

A porta da cela se abriu e três policiais entraram. Dois deles avançaram e pegaram o touro e o levaram para fora. Isso atrapalhou a nossa conversa de certa forma. Os caras nem se mexiam no chão.

– Vamos lá, vamos lá – eu disse –, vamos continuar. Todos em breve teremos a bebida nas nossas mãos. Alguns mais em breve do que outros. Vocês já não conseguem sentir o gosto? Isso aqui não é o fim. Pensem nessa primeira bebida.

Alguns deles ficaram ali atirados pensando na primeira bebida e alguns deles ficaram ali atirados pensando em nada. Estavam resignados com o que quer que acontecesse. Em cerca de cinco minutos, trouxeram o touro de volta. Se ele tinha recebido atendimento médico, não dava para perceber. Ele caiu de novo, mas dessa vez de lado. Então ficou quieto.

– Ora, cavalheiros, se animem, pelo amor de Deus, ou pelo meu amor. Eu sei que tratam os assassinos melhor do que os bêbados. Um assassino consegue uma cela legal, um beliche, ele chama atenção. Ele é tratado como um cidadão de primeira classe. Ele realmente fez alguma coisa. Tudo que nós fizemos foi esvaziar algumas garrafas. Mas se animem, vamos esvaziar mais...

Alguém aplaudiu. Eu ri.

– Assim é melhor. Olhem pra cima, olhem pra cima! Deus está lá em cima com dois fardos de Tuborg. Bem gelados, com minúsculas bolhas brilhantes escorrendo... pensem nisso...

– Você está acabando comigo, cara...

– Você vai sair, nós vamos sair, alguns antes do que outros. E não vamos ir correndo para uma reunião do AA e dar os 12 grandes passos de volta à infância! Sua mãe vai te tirar daqui! Alguém te ama! Bem, qual queridinho da mamãe vai sair daqui primeiro? Dá o que pensar...

– Ei, cara...

– Diga.
– Vem aqui.
Eu fui até ele.
– Quanto eu tenho? – ele perguntou.
Ele me passou seu comprovante de bens. Eu devolvi.
– Irmão – eu falei –, detesto te dizer...
– Sim?
– Está escrito "nada", datilografado e bem legível, "nada".
Voltei para o meio da cela.
– Então é o seguinte, pessoal, vou dizer o que eu vou fazer. Todos vocês, peguem os seus comprovantes de bens e joguem numa pilha no centro do piso. Vou pagar 25 centavos por cada papeleta rosa... Vou possuir suas almas...
A porta se abriu. Era um policial.
– Bukowski – ele anunciou. – Henry C. Bukowski.
– Até mais, pessoal. É a minha mãe.
Eu fui atrás do policial. O registro de saída foi bastante eficiente. Eles simplesmente me subtraíram $50 de fiança (eu tivera um bom dia no hipódromo) e me devolveram a paz, mais meu cinto. Agradeci ao médico pelo band-aid e segui o policial até a sala de espera. Eu tinha feito duas chamadas durante o registro de entrada. Disseram que eu tinha carona. Fiquei sentado por dez minutos e então uma porta se abriu e me disseram que eu podia ir. Minha mãe estava sentada num banco do lado de fora. Era Karen, a mulher de 32 anos com quem eu morava. Ela estava usando todas as forças para não deixar a raiva transparecer, mas estava transparecendo. Eu fui atrás dela. Chegamos ao carro e entramos e partimos. Eu procurei cigarro no porta-luvas.

Até a prefeitura fica bonita quando você sai da detenção. Tudo fica bonito. Os outdoors, os semáforos, os estacionamentos, os bancos das paradas de ônibus.

– Bem – Karen disse –, creio que agora você vai ter algo pra escrever.

– Certo que sim. E dei um bom show pros rapazes. Os rapazes vão sentir a minha falta. Aposto que aquilo lá parece um túmulo agora...

Karen não pareceu ficar impressionada. O sol estava prestes a surgir e a mulher do outdoor, uma alça caída no maiô, sorriu para mim enquanto anunciava um protetor solar.

Deus está lá em cima com um fardo de cerveja.

De

"Confissões de um poeta fodão"

Pergunta: Eu achei que você ia quebrar o pau em vez de lavar louça...

Bukowski: Não, cara, já tive minha última briga. Já levei minha última surra. Eu costumava sair na briga quase todas as noites. Eu brigava com os bartenders... Esse troço perde a graça, enjoa – você se corta todo nos olhos, os lábios incham, um dente amolece... Não tem glória nenhuma. Geralmente você está bêbado demais pra lutar bem, você está faminto, sabe...

Tinha um bartender que me surrava todas as noites. Um lutadorzinho bem durão. Aí um dia eu fiquei furioso. Eu saí, comprei um pão e um salame. Bebi uma garrafa de vinho do porto. Comi aquele pão todo com o salame – era o meu primeiro alimento em mais ou menos uma semana. E bebi aquele vinho do porto. Agora eu estava poderoso! Eu tinha comida na barriga!

Então saímos pra brigar nessa noite e eu estava muito forte, e eu simplesmente espanquei o cara até não poder mais. O vinho me deixou louco da cabeça. Prensei ele contra o muro, metade dos socos eu acertava no cara e a outra metade eu acertava no muro. Por fim me arrancaram de cima dele.

Ele vinha me batendo todas as noites. Aí quando voltei pra dentro eu vi o cara no outro canto do bar, mãos na cabeça, dizendo "Ah, minha cabeça tá doendo!", e cheio de mulheres em volta: "Ai Tommy, pobrezinho, aqui, deixa eu botar uma toalha molhada em cima!". Porra, quando eu apanhava era só "E aí Hank, meu garoto!". Ele ganhou tratamento especial. Então me sentei junto ao balcão e o outro bartender falou "Não posso te servir, cara, depois do que você fez com o Tommy".

Aí eu falei "Que diabo, ele me batia toda hora!". E ele disse "Bem, isso não importa".

certo piquenique

que me lembra que
trepei com Jane por 7 anos
ela era uma bêbada
eu a amava

meus pais a odiavam
eu odiava meus pais
fazíamos um ótimo
quarteto

certo dia fomos a um piquenique
juntos
lá nas montanhas
e jogamos carta e bebemos cerveja e
comemos salada de batata

por fim eles a trataram como se ela fosse uma
pessoa de verdade

todos riam
eu não.

mais tarde na minha casa
uísque na cabeça
eu lhe disse,
não gosto deles

mas é bom que tenham tratado você
bem.

seu idiota, ela disse,
será que não percebeu?

percebi o quê?

eles não tiravam os olhos da minha barriga de cerveja,
pensaram que eu estava grávida.

oh, eu disse, então brindemos à nossa bela
criança.

à nossa bela criança,
ela disse.

viramos os copos.

18.000 contra um

foi durante uma leitura na Universidade de Utah.
os poetas ficaram sem bebida
e enquanto um lia
eu e 5 ou 6 dos outros
entramos no carro
e seguimos para uma loja de bebidas
mas fomos bloqueados na rodovia
por inúmeros carros entrando no estádio de futebol.
nós éramos o único carro desejando a direção contrária,
era covardia: 18.000 contra um.
bloqueamos uma pista e buzinamos.
40 carros buzinaram de volta.
o policial se aproximou.
"olha só, seu guarda", eu disse. "nós somos poetas e
 precisamos beber",
"deem meia-volta e entrem no estádio", disse
o guarda.
"olha só cara, precisamos beber. não queremos ver o
jogo de futebol. pouco nos importa quem vai ganhar.
 somos poetas, estamos
lendo no Underwater Poetry Festival
da Universidade de Utah."
"esse tráfego tem um único sentido", disse o policial.
"deem meia-volta e entrem no estádio."
"olha só cara, vou ler dentro de 15 minutos. Meu nome
 é Charles Bukowski.

você já ouviu falar de mim, não ouviu?"
"deem meia-volta e entrem no estádio."
"merda", disse Kamstra, que estava ao volante,
e ele tocou o carro por cima do meio-fio
e nós atravessamos os gramados do campus
deixando profundas marcas de pneus.
eu estava bêbado e não sei por quanto tempo dirigimos
ou como chegamos lá
mas de repente nos vimos todos numa loja de bebidas
e pedimos vinho, vodca, cerveja, scotch, pagamos e
    saímos.
voltamos provando nossos líquidos.
subimos lá e lemos até achatar as bundas dos
espectadores.
então demos um tapa nas bundas e caímos fora.
e a UCLA ganhou o jogo de futebol por
nao sei quanto a não sei quanto.

De

"Pagando por cavalos: uma entrevista com Charles Bukowski"

Pergunta: Em certo momento da sua vida, você parou de escrever por dez anos. Qual o motivo?

Bukowski: Começou por volta de 1945. Eu simplesmente desisti. Não foi porque eu me considerasse um escritor ruim. Eu só achava que não havia como romper a barreira. Deixei a escrita de lado com um sentimento de desgosto. Beber e conviver com mulheres virou a minha forma de arte. Não rompi essa outra barreira com qualquer sentimento de glória, mas ganhei muita experiência que depois pude usar – especialmente em contos. Mas eu não estava acumulando essa experiência para escrever, porque eu tinha deixado de lado a máquina.

Sei lá. Você começa a beber; você conhece uma mulher; ela quer mais uma garrafa; você entra no esquema da bebida. Tudo mais desaparece.

Pergunta: Essa fase acabou por quê?

Bukowski: Foi porque eu quase morri. Fui parar no County General Hospital com sangue jorrando da minha boca e da minha bunda. Era pra eu morrer, e eu não morri. Tomei um monte de glicose e cinco ou seis litros de sangue. Eles bombearam pra dentro de mim sem interrupção.

Quando saí daquele lugar, eu me senti muito estranho. Eu me sentia bem mais calmo do que antes. Eu me sentia – para usar um termo batido – descontraído. Fui andando pela calçada e olhei o brilho do sol e falei "Opa, algo aconteceu". Eu tinha perdido muito sangue, sabe. Talvez houvesse algum dano cerebral. Foi o que eu pensei, porque eu tinha uma sensação muito diferente. Uma sensação de calma. Eu falo tão devagar agora. Não fui sempre assim. Eu era meio frenético antes; eu ia e fazia, sempre desbocado. Quando saí daquele hospital, eu estava estranhamente relaxado.

Então arranjei uma máquina de escrever e comecei a trabalhar dirigindo um furgão. Comecei a beber quantidades imensas de cerveja todas as noites depois do trabalho e a escrever inúmeros poemas – eu te falei que não sabia o que é um poema, mas eu estava escrevendo algo em forma de poema. Eu não tinha escrito muitos antes, dois ou três, mas sentei na cadeira e de uma hora pra outra eu estava escrevendo poemas. Então eu estava escrevendo de novo e tinha todos aqueles poemas nas minhas mãos. Comecei a enviar os poemas pelo correio e começou tudo de novo. Dessa vez eu tive mais sorte, e acho que o meu trabalho melhorou. Talvez os editores estivessem mais prontos, talvez tivessem se mudado para uma área de pensamento diferente. Provavelmente as três coisas juntas deram liga. Eu continuei escrevendo. [...]

Pergunta: Você consegue escrever e beber ao mesmo tempo?

Bukowski: É difícil escrever prosa quando você está bebendo, porque a prosa dá muito trabalho. Não funciona para mim. É bem pouco romântico escrever prosa quando você está bebendo.

Poesia é outra coisa. Você tem em mente um sentimento de que você quer criar o verso que se sobressalta. Você fica um pouco dramático quando está bêbado, um pouco piegas. Dá uma sensação boa. A música clássica está ligada e você está fumando um charuto. Você ergue a cerveja e você vai despejar uns cinco ou seis ou quinze ou trinta versos excelentes. Você começa a beber e a escrever poemas a noite toda. Você os encontra pelo chão de manhã. Você tira todos os versos ruins e obtém poemas. Cerca de sessenta por cento dos versos são ruins; mas parece que os versos restantes, quando você os coloca juntos, rendem um poema.

Não escrevo sempre bêbado. Escrevo sóbrio, bêbado, me sentindo bem, me sentindo mal. Não tenho nenhum estado especial.

Pergunta: Gore Vidal disse uma vez que, com apenas uma ou duas exceções, todos os escritores americanos eram bebuns. Ele estava certo?

Bukowski: Várias pessoas já disseram isso. James Dickey disse que as duas coisas que acompanham a poesia são o alcoolismo e o suicídio. Conheço diversos escritores e, até onde sei, todos bebem menos um. A maioria dos que têm algum talento é bebum, pensando bem. É verdade.

Beber é uma coisa emocional. É algo que nos tira do padrão da vida cotidiana, de tudo ser o mesmo. Que nos arranca do nosso corpo e da nossa mente e nos joga contra a parede. Eu tenho a sensação de que beber é uma forma de suicídio em que você tem permissão de voltar à vida e recomeçar tudo no dia seguinte. É como você se matar e depois renascer. Acho que já vivi umas dez ou quinze mil vidas por essa altura.

De
Factótum

Acordei muito mais tarde num reservado com estofamento vermelho no fundo do bar. Levantei e dei uma olhada em torno. Todo mundo tinha ido embora. O relógio marcava 3h15. Tentei a porta, estava trancada. Cruzei o balcão do bar e peguei uma garrafa de cerveja, abri-a, voltei e me sentei. Depois voltei lá e descolei um charuto e umas batatas chips Terminei a cerveja, levantei, encontrei uma garrafa de vodca, uma de uísque e voltei a me sentar. Misturei as bebidas com água, fumei uns quantos charutos, comi carne-seca, batata chips e ovos cozidos.

Bebi até as cinco da manhã. Depois dei uma arrumada no bar, joguei o lixo fora, fui até a porta, dei um jeito de sair. Ao chegar à rua, vi que uma viatura da polícia se aproximava. Eles guiavam devagar na cola dos meus passos.

Depois de uma quadra, estacionaram um pouco mais à frente de onde eu estava. Um dos policiais botou a cabeça para fora da janela.

– Ei, parceiro!

O foco de suas lanternas estava sobre meu rosto.

– O que está fazendo?

– Indo pra casa.

– Mora aqui perto?

– Sim.

– Onde?
– Avenida Longwood, 2122.
– O que fazia saindo daquele bar?
– Sou o zelador.
– Quem é o dono do bar?
– Uma senhora chamada Jewel.
– Entre.
Obedeci.
– Mostre pra gente onde você mora.
Eles me levaram para casa.
– Agora, toque a campainha.
Caminhei pela passagem até a varanda, toquei a campainha. Não houve resposta.
Toquei de novo várias vezes. Finalmente a porta se abriu. Meu pai e minha mãe estavam ali, plantados com seus pijamas e roupões.
– *Você está bêbado!* – gritou meu pai.
– Sim.
– Onde arranjou dinheiro para beber? Você não tem um centavo!
– Vou arrumar um trabalho.
– *Você está bêbado! Bêbado! Meu filho é um bêbado. Meu filho é um bêbado maldito, um desgraçado!*
Os cabelos na cabeça de meu pai se erguiam em tufos desordenados. Suas sobrancelhas estavam eriçadas, sua cara inchada e turva pelo sono.
– Você age como se eu tivesse matado alguém.
– *É praticamente a mesma coisa!*
– Oooh, merda...
Subitamente vomitei em seu tapete persa que representava a *Árvore da Vida*. Minha mãe gritou. Meu pai avançou em minha direção.
– Sabe o que a gente faz com um cachorro que caga num tapete?

– Sim.

Ele me agarrou pela nuca. Começou a me empurrar para baixo, forçando-me a dobrar a coluna. Queria me pôr de joelhos.

– Vou lhe ensinar.

– Não...

Meu rosto estava quase roçando aquilo.

– Vou lhe mostrar como fazemos com os cachorros!

Ergui-me do chão com o soco pronto. Um golpe perfeito. Ele retrocedeu toda a distância da porta até o sofá, onde caiu sentado. Fui para cima dele.

– Levante.

Ele ficou sentado. Escutei minha mãe.

– *Você bateu no seu pai! Você bateu no seu pai! Você bateu no seu pai!*

Deu um grito e lanhou um dos lados do meu rosto com suas unhas.

– Levante – eu disse a meu pai.

– *Você bateu no seu pai!*

Arranhou meu rosto mais uma vez. Voltei-me para encará-la. Ela atacou minha outra face. O sangue escorria por meu pescoço, ensopando minha camisa, as calças, os sapatos, o tapete. Ela baixou as mãos e ficou me olhando.

– Terminou?

Ela não respondeu. Fui para o meu quarto pensando que o melhor era arranjar um emprego.

* * *

Quando voltei para Los Angeles, encontrei um hotel barato nas imediações da Hoover Street e fiquei na cama e bebi. Bebi por algum tempo, três ou quatro dias. Não conseguia achar disposição para ler os classificados. A ideia de me sentar diante de um homem e sua mesa e lhe dizer que eu queria um trabalho, que eu tinha as qualificações necessárias, era demais para mim. Francamente, eu estava horrorizado diante da vida, o que um homem precisava fazer para comer, dormir, manter-se vestido. Então fiquei na cama enchendo a cara. Quando você bebe, o mundo continua lá fora, mas por um momento é como se ele não o trouxesse preso pela garganta.

ah, merda

bebendo cerveja alemã
e tentando alcançar o
o poema imortal às
5 da tarde.
mas, ah, eu disse aos
estudantes que a coisa certa
a fazer é não tentar.
mas quando as mulheres não estão
por perto e os cavalos não estão
correndo
o que mais se pode fazer?
tive um par de
fantasias sexuais
almocei fora
enviei três cartas
fui à mercearia.
nada na tv.
o telefone está calado.
passei fio dental
entre meus dentes.
não vai chover e eu escuto
os primeiros a chegar das
8 horas de trabalho enquanto
dirigem e estacionam seus carros
atrás do apartamento
ao lado.

me sento bebendo cerveja alemã
e tento alcançar
o grande poema
e não irei conseguir.
apenas seguirei bebendo
mais e mais cerveja alemã
e enrolando cigarros
e lá pelas 11 horas
estarei deitado
na cama desfeita
olhando para cima
acordado sob a luz
elétrica
esperando ainda pelo poema
imortal.

quem, diabos, é Tom Jones?

por duas semanas
estive dormindo com uma
garota de 24 anos de
Nova York – na época
em que ocorria a greve dos
lixeiros, e certa noite
minha antiga mulher de 34 anos
chegou e disse, "quero ver
minha rival". foi o que ela fez
e então disse, "ó, você
é a coisinha mais querida!"
depois disso reparei que houve uma
gritaria de gatas selvagens –
urros e unhadas,
lamentos de animal ferido,
sangue e mijo...

eu estava bêbado e só de
calção. tentei
separar as duas e caí,
torcendo o joelho. então
atravessaram a porta e
avançaram rua
afora.

chegaram viaturas cheias

de policiais. um helicóptero da
polícia sobrevoou o local.

fiquei no banheiro
e sorri para o espelho.
não é comum que coisas
tão esplêndidas assim
aconteçam aos 55 anos.
muito melhor do que os distúrbios em
Watts.*

a de 34 retornou
para dentro. estava toda
mijada e sua roupa
transformada em farrapos e era
seguida por dois policiais que
queriam saber a razão daquilo tudo.

erguendo meus calções
eu tentava explicar.

---

* Bairro negro de Los Angeles onde ocorreu um sério distúrbio de ordem racial. (N.T.)

cerveja

não sei quantas garrafas de cerveja
consumi esperando que as coisas
melhorassem.
não sei quanto vinho e uísque
e cerveja
principalmente cerveja
consumi depois
de rompimentos com mulheres –
esperando o telefone tocar
esperando o som dos passos,
e o telefone nunca toca
antes que seja tarde demais
e os passos nunca chegam
antes que seja tarde demais.
quando meu estômago já está saindo
pela boca
elas chegam frescas como flores de primavera:
"mas que diabos você está fazendo?
vai levar 3 dias antes que você possa me comer!"

a mulher é durável
vive sete anos e meio a mais
que o homem, bebe muito pouca cerveja
porque sabe como ela é ruim para a
aparência.

enquanto enlouquecemos
elas saem
dançam e riem
com caubóis cheios de tesão.

bem, há a cerveja
sacos e mais sacos de garrafas vazias de cerveja
e quando você pega uma
as garrafas caem através do fundo úmido
do saco de papel
rolando
tilintando
cuspindo cinza molhada
e cerveja choca,
ou então os sacos caem às 4 horas
da manhã
produzindo o único som em sua vida.

cerveja
rios e mares de cerveja
cerveja cerveja cerveja
o rádio toca canções de amor
enquanto o telefone permanece mudo
e as paredes seguem
paradas e estáticas
e a cerveja é tudo o que há.

hora da cagada

meio bêbado
deixei a casa dela
suas cobertas quentes
e eu estava de ressaca
não sabia sequer que cidade era
aquela.
saí caminhando sem conseguir
achar meu carro.
mas eu sabia que ele tinha que estar em algum lugar.
e logo eu também estava
perdido.
caminhei a esmo. era a
manhã de uma quarta-feira e eu podia
ver o oceano ao sul.
mas toda aquela bebida:
a merda estava prestes a escorrer
para fora de mim.
segui em direção ao
mar.
avistei uma estrutura de tijolos
marrons nos limites
da rebentação.
entrei. havia um
velho gemendo em um

dos reservados.
"olá, meu chapa", ele disse.
"olá", eu disse.
"está um inferno lá fora,
não?", o velho
perguntou.
"sim", respondi.
"precisa de um trago?"
"nunca bebo antes do meio-dia."
"que horas você tem aí?"
"11h58"
"temos dois minutos."
me limpei, dei a descarga, subi minhas
calças e me afastei.
o velho continuava no seu reservado,
gemendo.
apontou para uma garrafa de vinho
junto a seus pés
quase vazia
e eu a apanhei e tomei cerca de metade
do que ainda restava.
estiquei para ele uma nota de dólar, velha e
amassada
então segui para o lado de fora e vomitei
num gramado.
olhei para o oceano e o
oceano parecia bom, cheio de azuis e
verdes e tubarões.
saí dali e refiz o caminho
até a rua
determinado a encontrar meu automóvel.
custou-me uma hora e 15 minutos

e quando finalmente consegui encontrá-lo
entrei e dei a partida
fingindo saber tanto quanto
o homem
ao lado.

De

"Buk: a poesia bexiguenta de Charles Bukowski. Notas de uma velha humanidade safada"

Bukowski: Fiquei bebendo cerveja quase o dia todo, mas não se preocupe, jovem, não vou arrebentar a vidraça com o punho ou golpear algum item da mobília. Eu sou um bebedor de cerveja bastante afável... na maior parte do tempo. É o uísque que me deixa em apuros. Quando estou bebendo uísque com pessoas em volta, tenho a tendência de ficar bobalhão ou belicoso ou alucinado, o que pode causar problemas. Então hoje em dia, quando bebo, tento beber sozinho. Esse, de qualquer maneira, é o sinal de um bom bebedor de uísque – beber sozinho mostra que você tem a devida reverência pelo uísque. O troço faz até um abajur parecer diferente. Norman Mailer já falou muita merda, mas ele disse algo que achei ótimo. Ele disse: "Os americanos, na maioria, obtêm sua inspiração espiritual quando estão embriagados, e eu sou um desses americanos". Uma declaração que eu apoio 100%, *Os nus e os mortos* que se dane. Só uma coisa: o sujeito precisa ser cuidadoso ao misturar seu álcool e seu sexo. A melhor coisa para um homem sábio é fazer seu sexo antes de ficar bêbado, porque o álcool dá uma enfraquecida no caule velho lá embaixo. Nisso eu tenho tido razoável sucesso até agora.

De
"Charles Bukowski. Diálogo com um velho safado"

Pergunta: Você se definiria como alcoólatra?

Bukowski: Claro que sim.

Pergunta: Por que você bebe tanto?

Bukowski: Basicamente, eu sou uma pessoa bastante tímida – tenho muita insegurança –, mas ao mesmo tempo eu tenho um tremendo ego. Algo no álcool apaga essa insegurança e permite que o ego venha à tona. Tive muitas experiências e, creio eu, uma coisa da bebida é que ela te leva por caminhos que você nunca encontraria se não bebesse. Você arrisca, você faz apostas.

Uma vez eu estava voltando do hipódromo. Eu tinha brigado com a minha namorada, e quando brigo com mulher eu fico muito incomodado. Eu tinha ganhado uns $180 naquela noite e estava mais bêbado que um gambá. Então lá vou eu dirigindo, e quando parei por um momento num sinal de pare, quatro caras negros num carro atrás de mim bateram no meu para-choque e me empurraram um pouco. Quando um cara brigou com mulher você não vai querer mexer com ele, sabe. Ele é um assassino. Então deixei os caras passarem. Eles foram até o próximo sinal de pare e eu fui atrás e empurrei o para-choque deles – com força. No sinal de pare seguinte, empurrei o para-choque deles com *ainda* mais força, e de repente eles começaram a tentar fugir – quatro negros grandões – e lá vou eu seguindo. Agora estamos dobrando esquinas, cantando pneu. Eis aqui um branco velho perseguindo quatro jovens gatos negros num carro. "Vou matar vocês", eu gritava. Os carros derrapando, como num filme, e eu sinto que sou capaz, sabe. Quando você se sente capaz, quem sabe? Os pneus cantando, e do nada eles encostam no meio-fio e eu estaciono atrás deles. Finalmente vou quebrar a cara de todos aqueles quatro caras. Eles poderiam ser brancos; só aconteceu que eram negros, sabe. Eu sou antinegros, é verdade. Eu sou antiamarelos, antiqualquercoisa. De qualquer forma, abri a porta do carro e saí. Estou usando um grande casaco de marinheiro que me faz parecer maior do que sou. Não deixei a caça escapar, estou pronto pra pegá-los... e no momento em que comecei a me aproximar do carro deles eles caíram fora. Pulei de volta no meu carro, mas perdi os caras.

Pergunta: Escutei direito, você é antinegros?

Bukowski: Sim. Sou antinegros, também antiamarelos.

Pergunta: Você é antibrancos?

Bukowski: Sou sim.

Pergunta: O que há que você não gosta com os negros?

Bukowski: Eles andam em quatro num carro. E batem no meu para-choque. De todo modo, beber te leva por caminhos que a coragem não segue.

Pergunta: Ou que a sabedoria se recusa a seguir.

Bukowski: Coisas acontecem. Beber faz coisas acontecerem.

emborrachado

olha, eu digo, olha *aquela* casa!
não seria um lugar maravilhoso pra ficar
emborrachado?

você sempre acha isso, ela diz, você sempre imagina
todo mundo atirado num sofá se
emborrachando.

e olha *aquela* casa, eu digo, as janelas
lembram uma igreja. aposto que estão lá dentro
emborrachados neste instante!

não é assim, ela diz.

quero comprar uma casa, digo, na qual eu possa
me *emborrachar*. só uma casinha com a varanda
desabando... 2 pastores alemães famintos... tinta des-
    cascando
das tábuas.

compra então, ela diz, compra.

vou achar, digo, um dia eu vou achar.

paramos na minha garagem depois de passar pela
loja de bebidas. temos 4 garrafas de vinho
branco alemão. vamos nos
emborrachar.

não há nada melhor do que ficar *emborrachado*,
sobretudo sob as ideais circunstâncias.
ou seja, quando você não está se sentindo mal
demais.

toda hora chamam a polícia por
minha causa aqui.

quero me *emborrachar* num lugar que nem o velho
   castelo do
William Randy Hearst.
quero percorrer os grandiosos aposentos
quebrando garrafas cheias contra paredes,
livre em minha própria desgraça.

aqui entre os pobres não há compreensão
de como são necessários meus sons e meus modos.
eles precisam dormir suas noites
de modo a ter força para os dias da fábrica
por isso são ágeis em acionar a lei
muito embora me pareça
que eles precisam se *emborrachar* mais do que
qualquer um.

e quando entramos ela diz
bem, teremos uma noite tranquila?

e eu digo sei lá.
eu vou me *emborrachar*.

a imagem

ele está na cadeira na minha frente,
"você parece *saudável*", diz ele numa voz que é
quase desanimada.

"3 garrafas de vinho branco alemão por noite",
digo a ele.

"você vai deixar que as pessoas saibam?", ele
pergunta. ele vai até a geladeira e abre
a porta: "todas essas vitaminas..."

"tiamina-hcl", eu digo, "b-2, colina, b-6, ácido
fólico, zinco, e, b-12, niacina, magnésio de cálcio,
complexo a-e, paba... e 3 garrafas de vinho
branco alemão por noite..."

"o que é que tem nesses frascos na pia?", ele
pergunta.

"ervas", digo a ele, "hidraste, manjericão doce,
clorofila de alfafa, mu, capim-limão, cinórrodo, papaia,
gotu kola, trevo, confrei, feno-grego, sassafrás
e camomila... e bebo água de nascente, água
mineral e 3 garrafas de vinho branco alemão..."

LOSE THE IMAGE

"oh," I ~~say~~ SAY, "I am..."

"but how about your image?" he asks, "people don't expect you to be like this..."

"I know," ~~I said as I poured a drink~~ I SAY, I'VE LOST MY ~~BEER GUT~~. "I've come down from size 44 to 38, I've lost 21 pounds..."

"I mean," he ~~goes~~ GOES on, "that you represented a man walking carelessy and bravely into death, foolishly, but with style,— Don Quixote, the windmills...."

"don't tell anybody, ~~then~~," I answer, "and maybe we can save the image...?"

"you'll be going to God next," he SAYS.

"my God," I answer, "is 3 good bottles of white German wine each night..."

"all right," he SAYS, "I suppose it's all right."

"I still fuck," I SAY, "and I play the horses and I like to go to the boxing matches and I still love my daughter and I almost love my present girlfriend, maybe I even do..."

"all right," he SAYS, "can you give me a ride back to my place?"

~~he looked a little airsick.~~

~~######~~

"look, Ben," I SAY, "let me brew you up a little herb tea before we go? how about a touch of feeNUgreek?"

"no," he SAYS, "let's go..."

"all right," I SAY.

~~well, that's the way it was with friendships, they ended like affairs with ###women ended.~~

I lock the door and we ~~walk~~ down the walk toward my car.

Charles Bukowski
11-17-77

"você vai deixar que as pessoas saibam?",
ele pergunta.

"saibam o quê?", pergunto eu. "não como nada que ande com
4 pernas e não sou canibal e cangurus e
macacos eu descarto..."

"é que", diz ele, "as pessoas achavam que você era um
cara *durão*..."

"ah", digo, "eu *sou*..."

"mas e a sua *imagem*?", ele pergunta. "as pessoas não *esperam*
que você seja *assim*..."

"eu sei", digo, "perdi minha barriga de cerveja. baixei
do manequim 44 pro 38, perdi 10 quilos..."

"é que", continua ele, "você representava um homem caminhando
descuidada e bravamente rumo à morte, tolamente mas com
estilo como Dom Quixote, os moinhos de vento..."

"não conte a ninguém", respondo, "e talvez possamos salvar a
imagem ou ao menos prolongá-la..."

"daqui a pouco você recorre a Deus", ele diz.

"meu deus", eu digo, "são 3 garrafas de..."

"tá bom", ele interrompe, "acho que não tem problema."

"ainda trepo", eu digo, "e aposto nos cavalos e gosto
de ir às lutas de boxe e ainda amo minha filha
e quase amo minha namorada atual, talvez eu ame
mesmo..."

"tá bom", ele diz, "você pode me dar carona até o meu
carro?"

"tá bom", eu digo, "ainda dirijo carros."

eu tranco a porta e nós descemos na direção do meu carro.

[Para o Tio Heinrich]
5 de março de 1978

[...] Acho que bebo vinho branco demais, mas o troço é bom – Bereich Bernkastel Riesling – engarrafado pela Havemeyer – Produzido da Alemanha – um Mosel branco. Gosto de beber enquanto escrevo e ouço música clássica no rádio. Linda me botou numa dieta de vitaminas e ervas, vegetais frescos, nada de carne exceto peixes e aves, bem pouco de sal, açúcar e alimentos açucarados, nada de cerveja ou uísque. Diminuí dos 101 quilos para 88. Eu deveria me exercitar mais, mas não quero que nada vire um *trabalho*. Sou preguiçoso exceto quando se trata de escrever – escrevi 330 poemas em 3 meses, escrevi um romance em 5 meses, um romance longo. Não há mais nada para fazer, sabe – apostar nos cavalos, beber vinho branco e escrever, ser verdadeiro com Linda Lee e tentar me sentir bem, e eu vejo minha filha em Santa Monica de vez em quando, ela parece calma, parece estar indo muito bem.

De
Mulheres

Uma tarde, eu vinha da loja de bebidas e já tinha quase chegado na porta de Nicole. Carregava uma dúzia de cervejas num pacote, mais uma garrafa de uísque. Eu tinha brigado outra vez com Lydia e decidira passar a noite na cama de Nicole. Caminhava, já um pouco bebum, quando ouvi alguém correndo atrás de mim. Me virei. Era Lydia.

– Ha! – ela disse. – Ha!

Ela arrancou o pacote das minhas mãos e foi tirando lá de dentro as garrafas de cerveja. Começou a espatifar as garrafas uma por uma na calçada. Elas estouravam com estrondo. O Santa Monica Boulevard é muito movimentado. O tráfego da tarde começava a engrossar. Tudo isso acontecia bem em frente à porta de Nicole. Daí, Lydia pegou a garrafa de uísque. Levantou-a no ar e gritou nos meus ouvidos:

– Ha! Você ia beber isso e depois ia TREPAR com ela!

E espatifou a garrafa no cimento.

A porta de Nicole estava aberta e Lydia disparou escada acima. Nicole aguardava no topo da escada. Lydia começou a espancar Nicole com a bolsa. A bolsa girava no ar, presa pela longa correia, e descia duro sobre Nicole.

– Ele é *meu* homem! Ele é *meu* homem! Você trate de ficar longe do meu homem!

Daí, Lydia desceu correndo, passou por mim e saiu pra rua.

– Deus do céu! – disse Nicole. – Quem é essa?

– Essa é Lydia. Me arranje uma vassoura e um saco de papel bem grande.

Fui pra calçada e comecei a varrer os cacos de vidro pra dentro do saco. "Aquela cadela foi longe demais dessa vez", pensei. "Vou comprar mais bebida. Vou passar a noite com Nicole; talvez mais de uma noite."

Eu estava agachado catando os cacos de vidro maiores quando escutei um ruído estranho atrás de mim. Dei uma olhada. Era Lydia, na Coisa. Ela subira na calçada com o carro e vinha pra cima de mim a uns cinquenta quilômetros por hora. Saltei pro lado, e o carro passou raspando por mim. Não me pegou por um triz. O carro foi até a esquina, saltou do meio-fio pra rua, seguiu reto, daí virou à direita na próxima esquina e desapareceu.

Tornei a varrer o vidro espatifado. Juntei tudo num montinho. Daí, mexendo no saco de papel da loja, achei uma garrafa de cerveja intacta. Estava com ótima aparência. Eu estava precisando dela. Estava quase desatarraxando a tampinha da garrafa quando alguém a arrancou da minha mão. Lydia de novo. Ela foi até a porta de Nicole e atirou a garrafa. Atirou com tanta força que a garrafa atravessou o vidro como uma enorme bala, sem estilhaçá-lo. Ficou apenas um buraco redondo.

Lydia fugiu depressa e eu subi a escada. Nicole ainda estava lá em cima, parada.

– Pelo amor de Deus, Chinaski, vá embora antes que ela mate todo mundo!

Dei meia-volta e desci de novo a escada. Lydia estacionara o carro, com o motor ligado, rente à calçada. Abri a porta e entrei. Ela arrancou. Nenhum de nós abriu a boca.

* * *

– *Senhoras e senhores, Henry Chinaski!*

Fui pra frente. Muita gozação. Ainda não tinha aberto a boca. Peguei o microfone.

– Olá, eu sou o Chinaski...

O lugar tremeu nas bases. Não precisei fazer nada. Eles faziam tudo. Mas era preciso cuidado. Bêbados do jeito que estavam, poderiam detectar no ato qualquer palavra ou gesto falso. Não se pode subestimar uma plateia. Eles tinham pagado pra entrar; pagavam pra beber; queriam *algo* em troca, e se você não lhes desse, eles lhe jogariam no meio do mar.

Tinha uma geladeira no palco. Abri. Devia ter umas 40 garrafas de cerveja dentro. Peguei uma, girei a tampinha de metal, dei um gole. Precisava beber.

Daí, um sujeito gritou:

– Ei, Chinaski a gente aqui tem que *pagar* pra beber!

Era um gordo na primeira fila, com uniforme de carteiro.

Fui até a geladeira e tirei uma cerveja. Dei pra ele a cerveja. Daí, voltei pra geladeira, peguei um punhado de cervejas e distribuí pras pessoas da primeira fila.

– Ei, e *a gente*? – gritou alguém nos fundos.

Peguei uma garrafa e lancei pro ar. Atirei mais algumas lá pra trás. Eles eram bons: pegavam todas. Daí, uma escapou da minha mão, foi pro alto, e se esborrachou no chão. Resolvi parar. Podia acabar processado por fratura de crânio.

Restavam 20 garrafas.

– Bom, agora o resto é *meu*.

– Você vai ler a noite toda?

– Vou beber a noite toda...

Palmas, gozações, arrotos...

– SEU MONTE DE PORRA DE MERDA! – alguém gritou.

– Muito agradecido, titia – respondi.

Sentei, ajustei o microfone, e comecei a ler o primeiro poema. Sossegaram. Eu estava na arena a sós com o touro, agora. Senti um certo pavor. Mas eu tinha escrito os poemas. E ia ler pra eles. Resolvi começar de leve, com um poema de gozação. Quando acabei, as paredes chacoalhavam. Quatro ou cinco pessoas quebravam o pau durante os aplausos. Ia dar certo. Tudo que eu tinha a fazer era me aguentar ali.

Não se pode subestimá-los nem lamber-lhes o saco. É preciso descobrir o meio-termo.

Li mais uns poemas, bebi mais cerveja. Ia ficando cada vez mais de porre. Lia com dificuldade. Pulava versos, deixava as folhas caírem no chão. Daí, parei – fiquei só bebendo.

– Isso é que é bom – disse a eles. – Vocês pagam pra me ver beber.

Fiz um esforço e li mais alguns poemas pra eles. Por fim, arrematei com uns bem sujos.

– É isso aí – falei.

Gritaram pedindo mais.

Os caras dos matadouros, os caras da Sears Roebuck, todos os caras de todos os armazéns em que eu trabalhei jamais acreditariam naquilo.

* * *

Esse é o problema com a bebida, pensava, enquanto enchia o copo. Se acontece uma coisa ruim, você bebe pra esquecer; se acontece uma coisa boa, você bebe pra comemorar; se não acontece nada, você bebe pra que aconteça alguma coisa.

* * *

Peguei minha garrafa e fui pro meu quarto. Fiquei só de cueca e deitei na cama. Nada estava em sintonia, nunca. As pessoas vão se agarrando às cegas a tudo que existe:

comunismo, comida natural, zen, surf, balé, hipnotismo, encontros grupais, orgias, ciclismo, ervas, catolicismo, halterofilismo, viagens, retiros, vegetarianismo, Índia, pintura, literatura, escultura, música, carros, mochila, ioga, cópula, jogo, bebida, andar por aí, sorvete de iogurte, Beethoven, Bach, Buda, Cristo, heroína, suco de cenoura, suicídio, roupas feitas à mão, voos a jato, Nova York, e aí tudo se evapora, se rompe em pedaços. As pessoas têm de achar o que fazer enquanto esperam a morte. Acho legal ter uma escolha.

Eu tinha feito minha escolha. Ergui a garrafa de vodca e dei um vasto gole. Alguma coisa aqueles russos sabiam.

* * *

Minha experiência com Íris tinha sido deliciosa e plena, embora nenhum estivesse apaixonado pelo outro. Era fácil de deixar-se envolver e difícil de evitar isso. Eu me deixava envolver. Permanecemos dentro do Volks estacionado no pavimento superior. A gente tinha tempo. O rádio estava ligado. Brahms.

– Vou te ver de novo? – perguntei a ela.

– Acho que não.

– Quer tomar um drinque no bar?

– Você me transformou numa alcoólatra, Hank. Tô tão fraca que mal consigo andar.

– Foi só a bebida?

– Não.

– Então, vamos lá beber alguma coisa.

– Beber, beber, beber! Você só pensa nisso?

– Não, mas é um bom jeito de atravessar espaços como esse aqui.

– Você não consegue encarar as coisas sóbrio?

– Posso, mas prefiro não.

– Isso é escapismo.
– Tudo é: jogar golfe, dormir, comer, andar, brigar, fazer cooper, respirar, trepar...
– Trepar?
– Escuta, a gente tá parecendo dois ginasianos. Vamos lá pro avião.

As coisas degringolavam. Queria dar um beijo nela, mas senti sua distância. Um muro. Íris não se sentia bem, acho, nem eu.

– Tudo bem – disse ela –, a gente despacha a mala e vai beber. Daí, eu embarco e vou embora pra sempre: numa boa, bem suave, sem mágoa.

– *Tudo bem!* – disse eu.

E assim foi.

poema pateta

levanto a cabeça, estou bêbado e cercado
de alemães. agora os franceses começam a
aparecer,
e te digo uma coisa
os franceses bebem forte também.
os alemães bebem automaticamente
e bebem mais que os franceses
mas os franceses ficam mais emotivos:
eles começam a reclamar de tudo:
o velho dedo-duro,
esse desgraçado e aquele desgraçado,
eles parecem mais os bebuns americanos.

mas deixei os americanos sem bebida
por aqui faz muito tempo
e os enxotei também.
os alemães e francesinhos são como criaturas
do espaço, frequentemente falam suas próprias línguas
e isso me poupa de achá-los
chatos.
mas estou me cansando deles
também.
outro dia botei pra correr três
alemães. os franceses são os próximos.

I await the Spaniards, the Japanese and the
Italians, then the Swedes...
~~my work has begun to appear in Spain and~~
~~Italy. all right. they can sit upon my~~
~~couch for a while, ##also.~~

the Americans with their 6-packs of Coors
and their Marlboro cigarettes,
I don't need them anymore,
~~and I won't need them anymore~~
~~when I finally come out in paperback~~
~~from a large New York publisher~~
~~and my shit will be racked at Thrifty's~~
and at L.A. International,
~~I won't~~ need them.

all I'll need is for this Olympia
to keep ~~###~~ charging down the stretch
~~(###)~~   THOROUGHBREDS
picking up the front runners
one by one   ~~###~~
charging past the Pulitzer prize ~~###~~
busting the wire
all the way past Moscow into
India...
east Hollywood was never a place for a   *[signature]*
white tornado like   6-29-78
Chinaski.

espero os espanhóis, os japoneses e os
italianos, depois os suecos...
os americanos com seus fardos de Coors
e seus cigarros Marlboro,
não preciso mais deles.

só preciso que esta Olympia
siga disparando na reta final
ultrapassando os líderes
um por um
ultrapassando os puros-sangues vencedores do Pulitzer
cruzando a fita
e passando Moscou rumo à
Índia...

east Hollywood nunca foi lugar para um
tornado branco como
Chinaski.

De
Shakespeare nunca fez isso

Na noite de sexta-feira eu deveria aparecer num programa bastante conhecido, televisionado para o país todo. Era um talk show que durava 90 minutos e era literário. Exigi que me providenciassem 2 garrafas de bom vinho branco enquanto eu ficasse no ar. Entre 50 e 60 milhões de franceses assistiam ao programa.

Comecei a beber no fim da tarde. Quando dei por mim, Rodin, Linda Lee e eu estávamos andando em meio aos seguranças. Então me sentaram diante do cara da maquiagem. Ele aplicou vários pós que foram imediatamente derrotados pela graxa do meu rosto e pelos buracos. Ele suspirou e me dispensou com um gesto da mão. Em seguida já estávamos sentados com um grupo esperando começar o programa. Abri uma garrafa e dei um gole. Nada mau. Havia 3 ou 4 escritores e o mediador. Também o psiquiatra que tinha aplicado em

Artaud seus tratamentos de choque. O mediador era aparentemente famoso na França toda, mas não me pareceu grande coisa. Sentei ao lado dele e ele começou a bater o pé. "Qual é o problema?", perguntei a ele. "Você está nervoso?" Ele não respondeu. Servi uma taça de vinho e coloquei na cara dele. "Aqui, toma um pouco disso... vai acalmar as suas tripas..." Ele me ignorou com um gesto desdenhoso.

Aí entramos no ar. Eu tinha um acessório no ouvido em que o francês era traduzido para o inglês. E eu seria traduzido para o francês. Eu era o convidado de honra, então o mediador começou comigo. Minha primeira declaração foi: "Conheço inúmeros escritores americanos que gostariam de estar neste programa agora. Isso não quer dizer grande coisa para mim...". Com essa o mediador rapidamente mudou para outro escritor, um liberal das antigas que tinha sido traído diversas vezes mas ainda mantinha a fé. Eu não tinha política, mas falei ao velho que ele fazia umas caretas boas. Ele ficou falando sem parar. Eles sempre ficam.

Aí uma escritora começou a falar. Eu já estava razoavelmente avançado no vinho e não tinha bem certeza do tema sobre o qual ela escrevia, mas acho que era animais, a mulher escrevia histórias com animais. Falei a ela que se me mostrasse mais as pernas eu teria condições de dizer se ela uma boa escritora ou não. Ela não mostrou. O psiquiatra que tinha dado os tratamentos de choque em Artaud não parava de me encarar. Outra pessoa começou a falar. Certo escritor francês com bigode em forma de guidão de bicicleta. Ele não dizia nada, mas não parava de falar. As luzes ficavam cada vez mais fortes, um amarelo bastante viscoso. Eu estava passando calor sob as luzes. Depois disso só lembro que de repente me vejo nas ruas de Paris e há um rugido contínuo e alarmante e luzes por toda parte. Há dez mil motociclistas nas ruas. Exijo ver umas dançarinas de cancã, mas sou levado de volta ao hotel com a promessa de mais vinho.

Na manhã seguinte, sou despertado pelo toque do telefone. Era o crítico do *Le Monde*. "Você foi ótimo, desgraçado", ele disse, "aqueles outros não conseguiam nem masturbar..." "O que foi que eu fiz?", perguntei. "Você não se lembra?" "Não." "Bem, vou te dizer uma coisa, não tem um só jornal que tenha escrito contra você. Já estava na hora da televisão francesa ver algo honesto."

Depois que o crítico desligou, eu me virei para Linda Lee. "O que foi que aconteceu, querida? O que foi que eu fiz?" "Bem, você agarrou a perna da mulher. Depois você começou a beber direto da garrafa. Você disse umas coisas. Coisas bem boas, principalmente no começo. Aí o cara que comandava o programa não deixou mais você falar. Ele colocou a mão na sua boca e falou: "Cale a boca! Cale e a boca!"."

"Ele fez *isso*?"

"O Rodin estava sentado do meu lado. Ele ficava me dizendo "Faz ele parar! Faz ele parar!". É que ele não te conhece. De todo modo, você afinal arrancou o seu fone de ouvido da tradução, tomou um último gole de vinho e abandonou o programa."

"Um perfeito porcalhão bêbado."

"Depois, quando você chegou aos seguranças, você agarrou um dos guardas pelo colarinho. Aí você tirou sua faca e ameaçou todos eles. Eles não tinham bem certeza se você estava brincando ou não. Mas afinal te pegaram e te expulsaram."

* * *

A viagem [a Nice] levou dez horas. Chegamos às 11 daquela noite. Não havia ninguém para nos receber. Linda fez uma ligação. Evidentemente, estavam sabendo. Eu via Linda falando e gesticulando. Isso durou algum tempo. Então ela desligou e saiu.

"Eles não querem nos ver. A mãe está chorando e o tio Bernard está furioso no fundo: 'Não aceito esse tipo de homem na minha casa! Jamais!'. Eles viram o programa de tevê. O mediador era um dos heróis do tio Bernard. O tio pegou o telefone e eu perguntei onde eles haviam estado naquele dia e ele disse que eles tinham saído deliberadamente para que não precisassem atender o telefone. Ele nos deixou viajar a distância toda por nada, ele deliberadamente nos deixou viajar a distância toda para obter a bosta dessa vingança. Ele disse à mãe que você foi expulso da emissora! Não é verdade, você saiu andando!"

"Ora essa", eu disse, "vamos pegar um quarto de hotel."

Achamos um na frente da estação de trem, pegamos um quarto de segundo andar, saímos de lá e achamos um café de calçada que servia um vinho tinto razoavelmente bom.

"Ele fez lavagem cerebral na mãe", Linda disse, "tenho certeza que ela não vai dormir um minuto essa noite."

"Não me importo de não ver o seu tio, Linda."

"É na mãe que eu estou pensando."

"Bebe aí."

"E pensar que ele deliberadamente nos deixou fazer essa longa viagem de trem por nada."

"Me lembra o meu pai. Ele costumava fazer coisinhas assim continuamente."

Bem nesse instante o garçom apareceu com um papel.

"Seu autógrafo, senhor."

Assinei meu nome e fiz um pequeno desenho.

Ao lado havia outro lugar onde se podia beber. Olhei à minha direita e vi 5 garçons franceses rindo e agitando os braços. Eu ri de volta, levantei minha bebida para eles. Os 5 garçons franceses se curvaram. Eles se mantiveram por um tempo naquela distância, conversando uns com os outros. Então foram embora.

o bêbado com as perninhas

ele caiu de uma escada na infância
e tiveram que operar suas pernas
e quando terminaram
suas pernas tinham metade do comprimento
que deveriam ter
e assim ele cresceu rumo à
idade viril
com aquelas pernas curtíssimas
ele andava pelos cafés de Paris
e desenhava as jovens dançarinas
e bebia muito.
(é estranho que a maioria dos
bons criadores pareça ter alguma
moléstia.)
ele vivia de suas pinturas
várias delas usadas pelo café
como cartazes de propaganda
quando lá veio a bela
e terrível puta
e ele a pintou
e se envolveu
com perninhas e tudo.
ela não era, claro, nada fiel
e certa noite, defendendo sua

infidelidade
ela mencionou as perninhas.
isso deu fim ao caso.
ele abriu os bicos de gás
e então os fechou
para terminar uma pintura.

ele era um pequeno cavalheiro
pelo menos num filme que eu vi
ele era.
ele gostava de usar cartola
e esboçava suas coisas
enquanto bebia;
fazendo desse jeito,
sem se deixar abater,
ele produzia pequenas
belezinhas,
desenhava todas as jovens
dançarinas
que nunca seriam suas,
e certa noite
ele produziu sua grande
maravilha,
tombando bêbado por uma
escada
perninhas rodopiando
ele se envolveu com aquela
outra
bela e terrível
puta.

Hemingway

ela disse, foi em Havana em 1953
e eu estava visitando ele
e um dia o vi
e era de tarde
e ele estava bêbado
estava estirado nuns travesseiros
bêbado
e tirei uma foto dele
e ele levantou a cabeça e falou
"não ouse dar essa foto
pra ninguém".

quando veio da Itália neste verão
para me visitar
ela me contou a história
e eu disse "deve ser uma foto
e tanto".
ela me disse que minha casa era muito
parecida com a dele.
nós bebemos, jantamos não sei onde,
então ela precisou ir embora de
avião.

a foto está emoldurada no início
da minha escada agora
voltada para o norte.

ele era gordo e era bêbado
e está no lugar
certo.

Mozart escreveu sua primeira ópera antes dos catorze anos

eu era legal quando mudei para cá: no terceiro
dia o vizinho do leste me viu
podando a cerca-viva e me ofereceu seu
cortador elétrico.
agradeci mas falei que precisava do exercício.
aí me agachei pra fazer carinho em seu minúsculo e
   trêmulo
cão.
aí ele me contou que tinha 83 anos
mas ainda batia ponto no trabalho todos os dias.
a empresa era dele e movimentava um milhão de dólares
em volume de negócios todo dia.
eu não podia competir com isso, então não falei nada.
aí ele me disse que se eu precisasse de alguma coisa
era só pedir para ele e/ou sua esposa.
agradeci e voltei à minha cerca-viva.

toda noite eu via sua esposa olhando televisão,
ela olhava quase as mesmas coisas que eu.
aí uma noite eu surtei bebendo e corri pra cima e
pra baixo na escada gritando coisas pra mulher com
quem moro. (há noites em que bebo 5 ou 6 garrafas de
vinho e minha mente vira um cargueiro lotado de gente
nada evangelista; em geral eu berro alto e drama-

ticamente, correndo nu pela casa; isso dura uma hora ou
duas, então vou pra cama e durmo.)
fiz duas vezes esse tipo de coisa na segunda semana
morando aqui.
não vejo mais a esposa dele olhando tevê:
as venezianas ficam fechadas,
e não vejo mais o velho e seu minúsculo
e trêmulo cão
e não vejo mais meu vizinho do oeste
(embora no 4º dia eu tenha lhe dado várias tangerinas
do meu pé de tangerina.)

todos desapareceram.

parando pra pensar
até minha mulher sumiu esta noite.

trambicando

acho que
um dos piores momentos foi
quando
depois de uma leitura embriagada e
uma festa que virou a noite
prometi aparecer numa
aula de inglês às onze
horas
e lá estavam os alunos
elegantemente vestidos
terrivelmente jovens
pavorosamente confortáveis.

eu só queria dormir
e mantive a cesta de lixo
perto
para o caso de eu
vomitar.

acho que eu estava no estado de
Nebraska ou Illinois ou
Ohio.

chega disso,
pensei,
vou voltar para as fábricas
se me aceitarem.

"por que você escreve?",
perguntou um rapaz.

"próxima pergunta",
respondi.

uma pombinha de olhos azuis
perguntou "quem são seus 3
escritores contemporâneos
favoritos?"

eu respondi "Henry Chinaski,
Henry Chinaski e Henry..."

alguém perguntou
"o que você pensa sobre Norman
Mailer?"

falei que eu não pensava
sobre Norman Mailer e então
perguntei "ninguém de vocês tem uma
cerveja?"

houve um silêncio, um
silêncio contínuo e a turma
e o professor olharam para mim e eu
olhei para eles.

aí a pombinha com
os olhos azuis
pediu
"você poderia nos ler
um dos seus poemas?"

e foi então que eu
me levantei e fui
embora

deixei todos lá
com o professor
e saí andando
pelo campus
olhando as
mocinhas
seus cabelos
suas pernas
seus olhos
seus traseiros...

são todas tão bonitas,
pensei, mas
vão crescer
e virar belos
problemas...

de repente me segurei
numa árvore e comecei
a vomitar...

"olha só aquele
velho", disse uma pombinha
de olhos castanhos para uma
pombinha de olhos verde-claros,
"esse tá realmente
fodido..."

a verdade,
afinal.

escola noturna

na escola de aprimoramento do motorista alcoolizado
designada pela Divisão 63
ganhamos lápis amarelos
e fazemos o teste
pra ver se tínhamos prestado atenção
no instrutor.
tipo qual é o encarceramento mínimo para uma
2ª condenação por dirigir bêbado:
        a) 48 dias
        b) 6 meses
        c) 90 dias
há 9 outras questões.
depois que o instrutor sai da sala
os estudantes começam a perguntar
uns aos outros:
"ei, e essa questão 5? essa é
difícil!"
"ele falou sobre essa?"
"acho que é 48 dias."
"você tem certeza?"
"não, mas é isso que eu vou
assinalar."
uma mulher marca todas as 3 respostas
na maioria das questões

embora tenham nos dito
para escolher apenas uma.

no intervalo eu desço e
bebo uma lata de cerveja
na frente da loja de bebidas.
vejo uma prostituta negra
em seu passeio noturno.
um carro para.
ela se aproxima e eles
conversam.
a porta se abre.
ela entra e
o carro acelera.

na sala de aula
os estudantes já estão
se conhecendo.
eles formam um bando de bêbados e
ex-bêbados
não-muito-interessante.
consigo vê-los sentados em
bares
e lembro por que
comecei a beber
sozinho.

a aula começa de novo.
constata-se que sou
o único que acertou
100 por cento do teste.

relaxo na cadeira
sem tirar os óculos escuros.
eu sou o intelectual
da turma.

enganando Marie

ele a conheceu nas corridas de quarto de milha, uma loira
morango com quadris finos, mas seios fartos; pernas
   longas,
nariz pontudo, boca de flor, vestindo um vestido rosa,
usando sapatos brancos de salto alto.
ela começou a fazer várias perguntas sobre os
cavalos enquanto olhava para ele com seus olhos
azul-claros... como se ele fosse um deus.

ele sugeriu o bar e os dois tomaram algo, então
acompanharam a corrida seguinte.
ele acertou vinte pela vitória numa aposta de seis para
   um e ela
deu saltinhos de alegria.
então parou de saltar e sussurrou no ouvido dele:
"você é mágico, quero dar pra você!"
ele sorriu e disse "eu gostaria, mas quando?
Marie... minha esposa... ela vigia cada minuto
meu."
ela riu: "vamos para um motel, seu bobo!"

então descontaram o bilhete, saíram para o estaciona-
   mento,
entraram no carro dela... "te trago de volta quando
a gente terminar", ela sorriu.

encontraram um motel a dois quilômetros e meio
dali, ela estacionou, eles desceram, entraram, pegaram
o quarto 302.
haviam comprado uma garrafa de Jack Daniel's
no caminho e ele tirou os copos do
celofane enquanto se despia, serviu dois.

ela tinha um corpo maravilhoso e se sentou na beira
da cama dando goles no Jack Daniel's enquanto ele
tirava sua roupa se sentindo sem jeito e gordo e velho
mas também se sentindo sortudo: seu melhor dia na
pista.
ele também se sentou na beira da cama com seu
Jack Daniel's e então ela chegou perto
e apalpou entre as pernas e o pegou, se curvou
e o beijou.

ele a puxou para baixo das cobertas e os dois brincaram.
finalmente ele montou nela e foi ótimo, foi o
milagre do universo, mas acabou, e quando ela
foi ao banheiro ele serviu mais dois Jack Daniel's,
pensando, vou me lavar pra valer, Marie não vai
perceber.
vou encerrar o dia na pista, normal como
sempre.

ela saiu e os dois ficaram na cama bebendo Jack
Daniel's e falando amenidades.
"vou tomar um banho", ele disse, se levantando.
"logo volto."
"tá bom, docinho", ela disse.

ele caprichou no chuveiro, lavando bem o cheiro-
de-perfume, o cheiro-de-mulher, o cheiro-de-esperma.

"não demora, querido!", ele a ouviu dizendo.

"logo termino, bebê!", ele gritou embaixo do
chuveiro.

ele saiu e se secou bem, então abriu a
porta do banheiro e saiu.

o quarto estava vazio.
ela tinha sumido.

sob certo impulso ele correu até o armário, puxou a
porta: nada além de cabides.

então percebeu que suas roupas haviam sumido: cueca,
camisa, as calças com chaves do carro e carteira, os
sapatos, as meias, tudo.

sob outro impulso ele olhou embaixo da cama:
nada.

então viu a garrafa de Jack Daniel's, cheia pela metade,
na penteadeira.
pegou a garrafa e serviu um copo.
fazendo isso, viu a palavra rabiscada em batom rosa
no espelho da penteadeira: OTÁRIO!

bebeu a bebida, largou o copo e se viu
no espelho, muito gordo, muito velho.
não tinha ideia do que fazer.

levou o Jack Daniel's de volta à cama, sentou,
ergueu a garrafa e bebeu do gargalo com a luz da
avenida entrando pelas persianas.
olhou para fora e viu os carros passando nos dois
sentidos.

[Para Jack Stevenson]
1º de março de 1982

[...] Eu passava muito tempo em bares, principalmente no leste, principalmente em Philly, onde as pessoas eram razoavelmente naturais e razoavelmente inventivas e razoavelmente despretensiosas. Não quero dizer que fossem uau, ótimas, mas até as brigas eram limpas. Só me aconteceu que eu não conseguia mais encontrar grande coisa num banco de bar. Tentei por um longo tempo. Por fim, comecei a levar a garrafa ou as garrafas para o meu quarto e constatei que não me importava nem um pouco, eu gostava desse jeito, sozinho. Eu e a bebida, e as persianas baixadas. Sem pensar muito em qualquer coisa. Só fumando e bebendo, folheando o jornal, indo pra cama e conferindo as rachaduras no teto, talvez ouvindo rádio. Quando você se dá conta de que não há grande coisa nas ruas, de algum modo um velho tapete surrado ou digamos uma cadeira com a tinta descascando podem ganhar certo encanto inato. Além disso, sempre é bom pensar sobre não estar na cadeia ou não estar tentando falar com alguma mulher feia na sua cama ou tentando se livrar dela no dia seguinte (quando elas começam a lavar a louça, você sabe que é hora de começar a usar a máscara de louco). Acho que o caso comigo é realmente ter mais gosto pela bebida do que gosto pela Humanidade. Misture os dois e você pode facilmente desperdiçar uma noite, e isso não é tão ruim, a menos que o dia tenha sido excepcionalmente ruim (como de costume). Aqueles bares da Hollywood com Western, antros de pura merda – sem coração, sem papo, sem chance. Tive uma namorada que foi trabalhar num desses lugares como garçonete. A espelunca se chamava The Big Ten. Não falei nada para ela. Não reclamei. Eu só soube que ela sabia menos do que jamais imaginei que ela soubesse – quero dizer, instinto nenhum, sabe. Eu sabia que estava tudo acabado entre nós. Apenas deixei que ela afundasse no lodo e uma nova bateu na minha porta, ainda pior. Bem...

[Para Gerald Locklin]
9 de maio de 1982

[...] Deixe um velho te dar alguns conselhos. Você sabe, cara, que cerveja pode te matar mais ligeiro do que qualquer coisa. Você sabe o que ela faz com a bexiga, toda essa quantidade de líquido jamais deveria passar pelo corpo, nem mesmo água. Sei que ela rende uma conversa melhor e te mantém longe das brigas no beco atrás do bar (na maioria das vezes), mas a dor de cabeça da cerveja e os vômitos de cerveja são mortais. Claro, não há nada como a boa e velha cagada de cerveja. Mas um bom vinho acrescenta dez anos à nossa vida quando comparado a beber aquele troço verde dos cântaros vagabundos. Sei que você prefere os bares e que, quando você pede uma taça de vinho num bar, o bartender pega um grande jarro empoeirado com uma mancha de coagulação escura grudada no fundo que é puro veneno. Acho que você não tem como escapar da cerveja nos bares. O problema com os bares é que eles são iguaizinhos às pistas de corrida: os mais chatos e os mais detestáveis vão para lá. Bem, que diabo, esqueça. Estou bebendo um vinho aqui e divagando...

De
Misto-quente

Um dia, semelhante ao que acontecera na escola fundamental com David, um garoto se apegou a mim. Era pequeno e magro e não tinha quase nenhum fio de cabelo no topo da cabeça. Os caras o chamavam de Carequinha. Seu nome verdadeiro era Eli LaCrosse. Eu gostava de seu nome real, mas não gostava da sua pessoa. Ele se grudara em mim. Era uma figura tão lastimável que não podia dizer a ele simplesmente que sumisse. Era como um cachorro vira-lata, faminto, cansado de ser expulso a patadas. Ainda assim, era desagradável tê-lo à minha volta. Contudo, desde que eu percebera sua aura de vira-lata, deixei que ficasse por perto. Usava uma praga em quase todas as frases que saíam de sua boca, no mínimo uma praga, mas era tudo pose, estava longe de ser um cara durão, era medo puro. Eu não tinha medo, mas era um sujeito confuso. Assim, talvez formássemos um par adequado.

Acompanhava-o até em casa todos os dias depois das aulas. Vivia com sua mãe, seu pai e seu avô. Tinham uma casinha do lado de lá um pequeno parque. Eu gostava do lugar, tinha grandes árvores que davam sombra, e desde que algumas pessoas haviam me dito que eu era feio, sempre preferi a sombra ao sol, a escuridão à luz.

Durante nossas caminhadas para casa, Carequinha tinha me falado de seu pai. Ele fora médico, um cirurgião de sucesso, mas tinha perdido sua licença em função da bebida.

Um dia conheci o pai do Carequinha. Estava sentado numa cadeira debaixo de uma árvore, sem fazer nada.

– Pai – ele disse –, esse é o Henry.

– Olá, Henry.

Lembrei-me de quando vira meu avô pela primeira vez, parado nos degraus em frente à sua casa. A diferença é que o pai do Carequinha tinha a barba e o cabelo pretos, mas seus olhos eram iguais – brilhantes e luminosos, tão estranhos. E ali estava Carequinha, o filho, sem qualquer tipo de brilho.

– Vamos – disse Carequinha –, venha comigo.

Entramos em uma adega, debaixo da casa. Era escura e úmida e ficamos parados até que nossos olhos se acostumassem à escuridão. Então pude ver uma porção de barris.

– Esses barris estão cheios de diferentes qualidades de vinho – disse Carequinha. – Cada barril tem uma torneira. Quer experimentar algum deles?

– Não.

– Vamos lá, apenas tome um maldito gole.

– Pra quê?

– Mas que maldição, você se considera um homem ou não?

– Sou durão – eu disse.

– Então experimenta, caralho!

Ali estava o Carequinha querendo me desafiar. Nenhum problema. Fui até um barril e abaixei a cabeça.

– Abra a maldita torneira! Abra essa maldita boca!

– Há alguma aranha por aqui?

– Vá em frente, desgraçado!

Abri a boca e a torneira. Um líquido malcheiroso jorrou para dentro da minha goela. Cuspi tudo.

– Não seja um veadinho! Engula, caralho!

Abri novamente a torneira e minha boca. O líquido malcheiroso entrou e eu o engoli. Fechei a torneira e fiquei ali parado. Pensei que fosse vomitar.

– Agora é a sua vez de beber um pouco – eu disse ao Carequinha.

– Claro – ele disse –, não estou me cagando de medo!

Abaixou-se na frente de um barril e deu uma boa golada. Um merdinha daqueles não ia me superar. Fui até outro barril, abri a torneira e dei um gole. Fiquei de pé. Começava a me sentir bem.

– Ei, Carequinha – eu disse –, gostei desse negócio.

– Então, caralho, beba um pouco mais.

E foi o que fiz. O gosto estava melhorando. Eu estava melhorando.

– Esse negócio é do seu pai, Carequinha. Eu não devia beber tudo.

– Ele não se importa. Parou de beber.

Nunca me sentira tão bem. Era melhor do que masturbação.

Fui de barril em barril. Era mágico. Por que ninguém havia me falado a respeito disso? Com a bebida, a vida era maravilhosa, um homem era perfeito, nada mais poderia feri-lo.

Fiquei de pé, ereto, e encarei o Carequinha.

– Onde está a sua mãe? Vou foder sua mãe!

– Mato você, seu filho da puta, fique longe da minha mãe!

– Você sabe que eu posso lhe dar uma surra, Carequinha?

– Sim.

– Tudo bem, vou deixar sua mãe em paz.

– Vamos embora então, Henry.

– Mais um trago...

Fui até um barril e dei uma longa talagada. Depois subimos a escada da adega. Quando saímos, o pai do Carequinha ainda estava sentado na sua cadeira.

– Vocês estavam na adega, não?

– Sim – respondeu o Carequinha.

– Começando um pouco cedo, não acham?

Não respondemos. Caminhamos até a avenida e Carequinha e eu fomos até uma loja que vendia chicletes. Compramos várias caixas e enfiamos todos os chicletes em nossas bocas. Ele estava preocupado que sua mãe descobrisse. Eu não me preocupava com nada. Sentamos num banco de parque e mascamos nossos chicletes. Pensei: bem, agora descobri alguma coisa, alguma coisa que irá me ajudar nos tantos dias que ainda hão de vir. A grama do parque parecia mais verde, os bancos do parque se tornaram mais bonitos, e as flores se esforçavam nesse sentido. Talvez essa coisa não fosse boa para cirurgiões, mas alguém que escolhia essa carreira já devia ter algo de errado na cabeça desde o princípio.

* * *

Ergui meu copo e matei numa talagada.
– Isso é apenas fuga da realidade – disse Becker.
– E por que não?
– Você jamais será um escritor se fugir da realidade.
– Do que você está falando? Isso é justamente o que os escritores *fazem*!

Becker se pôs de pé.
– Quando falar comigo, não erga a voz.
– O que você quer que eu erga, meu cacete?
– Você nem tem um cacete!

Peguei-o desprevenido com uma direita que o acertou bem atrás da orelha. O copo voou de sua mão e ele cambaleou pelo quarto. Becker era um homem forte, muito mais forte do que eu. Chocou-se contra a quina da cômoda, virou-se e eu apliquei mais um direto de direita na sua cara. Cambaleou até junto à janela, que estava aberta, e tive medo de acertá-lo outra vez, pois ele poderia cair lá embaixo no meio da rua.

Becker se recompôs e balançou a cabeça para desanuviar a visão.

– Agora basta – eu disse –, vamos tomar um trago. Violência me deixa nauseado.

– Ok – disse Becker.

Ele se aproximou e pegou seu copo. Os vinhos vagabundos que eu bebia não tinham nem rolha, apenas tampas comuns de rosca. Abri uma nova garrafa. Becker esticou o copo e lhe servi uma dose. Servi outra para mim e depus a garrafa. Becker esvaziou o seu. Esvaziei o meu.

– Sem ressentimentos – eu disse.

– Diabo, camarada, claro que não – disse Becker, colocando o copo no chão. Então disparou uma direita no meu estômago. Curvei-me e ele aproveitou que eu tinha abaixado a cabeça para me agarrar pela nuca e aplicar uma joelhada na cara. Caí de joelhos, sangue escorrendo do meu nariz e encharcando minha camisa.

– Me serve uma bebida aí, camarada – eu disse –, vamos pôr um fim nisso.

– Levante-se – disse Becker –, isto foi apenas o primeiro capítulo.

Me ergui e fui em direção a Becker. Bloqueei seu *jab*, aparei sua direita com o cotovelo e acertei um golpe curto bem no meio do seu nariz. Becker retrocedeu. Ambos estávamos com os narizes estourados.

Parti para cima dele. Lutávamos de modo cego. Acertei uns bons golpes. Ele encaixou outra ótima direita na minha barriga. Outra vez me curvei, mas dessa vez consegui contra--atacar com um gancho. Acertei em cheio. Foi um golpe belíssimo, um golpe de sorte. Becker se desequilibrou e despencou para trás, chocando-se na cômoda. Sua nuca acertou o espelho. O espelho se despedaçou. Ele estava atordoado. Era meu. Agarrei-o pela frente da camisa e lhe acertei uma direita violenta atrás da orelha esquerda. Caiu sobre o tapete e ficou ali de quatro. Afastei-me e me servi, meio desequilibrado, de outro copo de vinho.

– Becker – eu disse –, duas vezes por semana sou obrigado a chutar o rabo de alguém por aqui. Você cometeu o erro de aparecer no dia errado.

Esvaziei meu copo. Becker se levantou. Ficou um tempo parado, apenas me olhando. Então avançou.

– Becker – eu disse –, escute...

Começou com uma pancada de direita, recuou e me acertou uma esquerda na boca. Começamos novamente. Não havia praticamente movimentos de defesa. Era somente porrada e mais porrada. Ele me empurrou sobre uma cadeira que se espatifou. Levantei-me e o peguei enquanto se aproximava. Ele patinou para trás e consegui encaixar outro direto de direita. Ele voou contra a parede, fazendo todo o quarto tremer. Recuperou o equilíbrio, disparou uma direita que me acertou em cheio na testa. Vi luzes: verdes, amarelas, vermelhas... Então ele soqueou minhas costelas com a esquerda e desceu a direita em meu rosto. Tentei um contragolpe, mas errei.

Maldição, pensei, será que ninguém escutava todo esse barulho? Por que ninguém intervinha? Por que não chamavam a polícia?

Becker veio novamente para cima de mim. Errei um mata-cobra de direita e assim pus fim à minha noite...

Banido do Polo Lounge

certa vez em Paris
bêbado em rede nacional de tevê
diante de 50 milhões de franceses
comecei a balbuciar ideias vulgares
e quando o apresentador cobriu minha boca com a
mão
saltei fora da mesa-redonda de
vários babacas literários
e tentei escapar dali
mas as portas estavam trancadas
e defendidas por guardas
mas eu estava determinado a mandar
tudo à merda e sair
então saquei meu punhal
e ordenei que abrissem
enquanto os guardas recuavam e se
reagrupavam
para então me atacar
me desarmar
e me jogar na rua
de bunda.

dessa vez
era sobre um contrato de
gravação.

eu deveria encontrar vários
produtores no
Polo Lounge
só que eles se atrasaram
então achei o bar e
comecei a
entornar
até que afinal alguém
me deu uma gravata
e fui levado a uma
mesa
onde me sentaram com
certos produtores e uns para-
sitas
e eles pediram
janta.
recusei, pedi
bebidas.

fiquei bebendo.
então precisei mijar
e perguntei
"cadê a latrina?"
e me responderam
e a minha namorada falou
"ele se perde tão fácil,
alguém devia ir
junto, ele tem um treco
quando se perde."

mas garanti a todos
que eu não correria
perigo

e encontrei a
latrina
mijei bem

mas ao sair
eu me perdi na
hora

e todos os meus velhos
pesadelos de me
perder
viraram realidade

perambulei sem
rumo
entre dezenas de
mesas
mas a minha tinha
desaparecido

e todas as pessoas
se mostravam contentes e
superiores

e eu segui perambulando
e isso me deixou
sedento
então fui até
uma mesa

levantei o copo de um cara
e bebi tudo.

achei muito
engraçado
mas as pessoas me
encararam
com seus olhos de
clipe de papel
e aí comecei a
dizer a elas coisas
como quais eram as
aparências delas e a impressão que
me passavam
e aí um cara
veio ligeiro até mim e ele
era o
maître
e como ele parecia
meio espantoso demais
eu saquei meu
punhal
quase encostei a ponta em
sua barriga e falei
"pois mostre *você* onde está o meu
lugar!"

não tenham dúvida, ele
mostrou...

na manhã seguinte acordei,
ergui a cabeça, perguntei à
minha namorada "onde nós
estamos?".

ela disse que nós estávamos
num quarto de hotel.

"você lembra o que
aconteceu ontem à noite?",
ela perguntou.

então eu soube: um
bom amigo meu
tinha dado ao maître
$200 pra não chamar
a polícia mas
para o resto da minha
vida eu estava
para sempre banido do
Polo Lounge.

"cadê o nosso maldito
carro?", perguntei.

"relaxa", ela
disse, "o carro está lá
atrás, eu levantei cedo
de manhã e
conferi."

"ok", eu disse, rumando
para o banheiro,
"agora podemos começar
tudo de novo..."

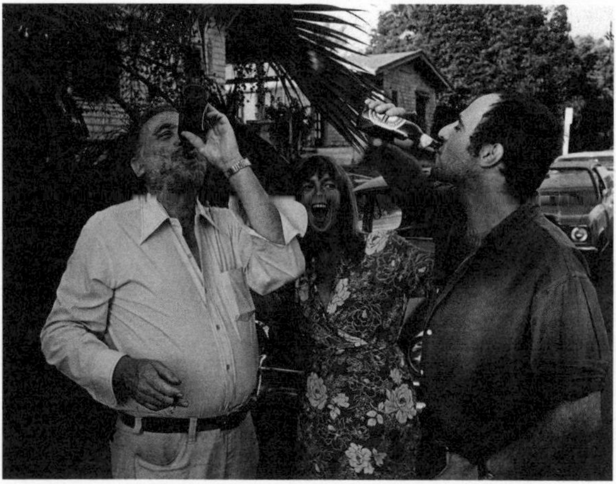

tentando secar

sou um bêbado tentando fugir da garrafa por
uma noite;
a tv me drogou com rostos rançosos que não dizem
nada;
estou nu e sozinho na cama
entre os lençóis amassados leio as páginas de um
periódico sensacionalista de supermercado
e fico entorpecido com o tédio traiçoeiro das
vidas famosas;
largo no chão o jornal,
coço meu saco...
dia bom no hipódromo: ganhei $468. olho
o teto, os tetos são amigáveis como as
tampas das grandes tumbas;
começo a tentar lembrar os nomes de todas as
mulheres com quem morei...
logo entro num estado de semissono, o melhor tipo:
totalmente relaxado mas semiconsciente sob a luz
suspensa, o gato
dormindo aos meus pés, o telefone toca! eu
sento aterrorizado, é como uma invasão e eu
estico meu braço
pego o
fone

sim?...

o que você está fazendo?

nada...

você está sozinho?

com gato...

tem uma mulher aí com
você?

só o
gato...

não...

isso é bom.

nos despedimos e eu desligo
então desço a escada até a cozinha
até a despensa
pego a garrafa do Mirassou Monterey County
Gamay Beaujolais 1978
e subo a escada pensando, bem, quem sabe
a noite de amanhã vai ser a
noite.

por falar em bebida...

    muitas coisas curiosas aconteceram comigo enquanto
embriagado como despertar numa cama com uma
mulher que eu não conhecia ou numa cela de prisão ou
ferido ou tendo sido roubado
ou qualquer um dos estranhos rescaldos do inebriamento
ou *durante* o inebriamento como
certa noite quando fui fazer o que julguei ser uma curva
à esquerda contra o tráfego para entrar no que julguei ser
a entrada de uma loja de bebidas
só que não havia nenhuma entrada onde julguei
que havia
e naquele milésimo de segundo
guinei à direita para não bater no meio-fio
e me vi dirigindo reto contra o tráfego
numa grande avenida movimentada e
como num sonho louco
o primeiro carro a passar por mim
(na direção oposta)
era um carro da polícia
e por alguma razão eu
acenei para o policial
então dobrei rápido à esquerda na esquina
seguinte e
ziguezagueei por uma série de

ruas de modo a
escapar de sua perseguição
e acabei topando com
outra loja de bebidas
peguei meu Jim Beam
e me esgueirei pelas ruas secundárias
até minha casa onde abri a
porta
tropecei num tapetinho perto da
mesa de centro
e me esborrachei contra ela
tampo de vidro e
tudo.

acordei na manhã seguinte deitado
na mesa de centro
meus 105 quilos tendo quebrado
os quatro pés da mesa
mas quando levantei
o tampo de vidro fino estava
intacto...

bebi o Jim Beam naquela noite para
celebrar minha sorte que
como a de qualquer outra pessoa vinha mais de
prática do que de alguma
divindade.

De
Tough Company

Pergunta: Sua escrita é permeada de bebida. Você não sente a menor culpa por isso. Há um livro recente de Donald Newlove, *Those Drinking Days*, que se centra no efeito corrosivo da bebida sobe os escritores americanos: Hemingway, Berryman, Mailer etc. Você tem algum breve pronunciamento sobre o papel da bebida na sua vida e na sua escrita?

Bukowski: Existe um grande sentimento de culpa relacionado à bebida. Eu não compartilho dessa culpa. Se eu quiser destruir minhas células cerebrais, meu fígado e vários outros órgãos, isso é problema só meu. A bebida me colocou em situações nas quais eu nunca teria entrado: camas, cadeias, brigas e longas noites loucas. Em todos os meus anos como trabalhador braçal e vagabundo, beber era a única coisa que fazia com que eu me sentisse melhor. Ela me tirava da armadilha rançosa da sujeira. Os gregos não chamavam o vinho de "Sangue dos Deuses" por total acaso. Cem por cento do meu trabalho foi (é) escrito comigo bêbado e bebendo. A bebida relaxa o ar, injeta um pouco de risco na palavra. Não acho que a bebida destrói os escritores. Acho que eles são destruídos pela presunção, o maldito ego. Eles não têm durabilidade porque tiveram que suportar bem pouco – alguns deles só um pouquinho, no começo. Eles começam rápido demais, desistem cedo demais e geralmente são seres humanos de nível inferior. [...]

Pergunta: Seus hábitos com a bebida mudaram desde que você começou a fazer um pouco mais de sucesso? Você parece ter passado de cerveja e vinho baratos para bons vinhos e uísques. As bebedeiras são diferentes? Ressacas menos dolorosas?

Bukowski: Eu bebo principalmente bons vinhos agora, e estou bebendo um, é claro, neste momento. Hoje eu mantenho distância dos bares, prefiro beber sozinho. E os produtos melhores rendem ressacas menos violentas. Agora bebo por mais horas, mas bebo bem mais devagar do que antes. Tudo isso fez aumentar o número de páginas que eu bato na máquina. E sempre fui vergonhosamente prolífico.

40 anos atrás naquele quarto de hotel

perto da Union Avenue, 3 da manhã, Jane e eu estávamos
bebendo vinho barato desde o meio-dia e andando
   descalços
pelo carpete, recolhendo cacos de vidro
(à luz do dia dava pra vê-los sob a pele,
protuberâncias azuis rumando para o coração) e eu com a
minha cueca rasgada, saco feioso aparecendo, camiseta
amassada e rasgada cheia de furos de cigarro de vários
tamanhos. parei diante de Jane que repousava em sua
   bêbada
cadeira.
então gritei para ela:
"EU SOU UM GÊNIO E NINGUÉM ALÉM DE
MIM SABE DISSO!".

ela sacudiu a cabeça, riu e balbuciou pelos
lábios:
"porra! você é um idiota
de merda!".

segui andando e dessa vez peguei um caco
bem maior do que os habituais, e me agachei
e o arranquei: um adorável pedação pontudo com
meu sangue pingando, arremessei no espaço, me virei
   para
encarar Jane:

"você não sabe nada, sua
puta!".

"VAI TOMAR NO CU!", ela
gritou.

então o telefone tocou e eu atendi e
berrei: "EU SOU UM GÊNIO E NINGUÉM ALÉM DE
MIM SABE DISSO!".

era o recepcionista: "Sr. Chinaski, eu adverti
diversas vezes, o senhor não deixa nenhum
hóspede dormir...".

"HÓSPEDE?", eu ri, "VOCÊ QUER DIZER ESSES
    BEBUNS
DE MERDA?"

então Jane surgiu e pegou o telefone e
berrou: "EU SOU UM GÊNIO TAMBÉM, PORRA, E
    SOU A
ÚNICA PUTA QUE SABE DISSO!".

e ela desligou.

então dei alguns passos e passei a
corrente na porta.
então Jane e eu empurramos o sofá na
frente da porta
desligamos as luzes
e ficamos sentados na cama
esperando por eles,
conhecíamos muito bem o
endereço da detenção de

bêbados: North Avenue
21 – que
endereço com ar de
chique.

tínhamos ambos uma cadeira do
lado da cama,
cada cadeira com cinzeiro,
cigarros e
vinho.

eles chegaram com
estrondo:
"essa é a porta
certa?"
"é", ele disse,
"413."

um deles bateu com
a ponta do
cassetete:
"POLÍCIA DE LOS ANGELES!
ABRAM A PORTA!".

nós não
abrimos a porta.

então os dois bateram com
seus cassetetes:
"ABRAM! ABRAM A
PORTA!".

agora todos os hóspedes estavam
acordados com certeza.

"vamos lá, abram aí", um deles
pediu com mais calma, "só queremos
conversar um pouco, nada mais..."

"nada mais", disse o
outro, "talvez a gente até beba um copo
com vocês..."

30-40 anos atrás
North Avenue 21 era um lugar terrível,
40 ou 50 homens dormiam no mesmo chão
e havia uma privada na qual ninguém
ousava excretar.

"sabemos que vocês são pessoas legais,
nós só
queremos conhecer vocês...",
disse um deles.

"é", disse o outro.

então ouvimos os dois
sussurrando.
não ouvimos passos se
afastando.
não sabíamos se eles tinham
ido embora.

"puta merda", Jane perguntou,
"você acha que eles foram
embora?"

"shhhh...",
eu chiei.

ficamos sentados no escuro
bebericando nosso
vinho.
não havia nada para fazer
além de olhar dois letreiros de néon
pela janela do
leste
um ficava perto da biblioteca
e dizia
em vermelho:
JESUS SALVA.
o outro letreiro era mais
interessante:
era um grande pássaro vermelho
que batia suas asas
sete vezes
e aí um letreiro acendia
embaixo dele
anunciando
SIGNAL GASOLINE.

era a melhor vida
que podíamos
bancar.

meu truque do desaparecimento

quando eu enchia o saco de ficar no bar
e às vezes eu enchia
eu tinha um lugar para ir:
era um campo de capim alto
um cemitério
abandonado.
eu não via aquilo como sendo um
passatempo mórbido.
aquele só me parecia ser o melhor
lugar para estar.
ele oferecia uma generosa cura para
ressacas violentas.
através do capim dava para ver
as lápides,
muitas pendiam
em ângulos estranhos
contra a gravidade
como se precisassem
cair
mas nunca vi nenhuma
cair
embora houvesse muitas delas
no cemitério.
era fresco e escuro
com uma brisa
e várias vezes eu dormia

lá.
nunca fui
incomodado.

toda vez que eu retornava para o bar
depois de uma ausência
era sempre a mesma história com
eles:
"onde diabos você
andava? achamos que você tinha
morrido!".

para eles eu era o monstro do bar, eles precisavam de mim
para que se sentissem
melhor.
assim como eu, às vezes, precisava daquele
cemitério.

o grande plano

passando fome num inverno da Filadélfia
tentando ser escritor
eu escrevia e escrevia e bebia e bebia e
bebia
e aí parei de escrever e me concentrei na
bebida.

era outra
forma de arte.

se você não consegue se dar bem com uma coisa você
tenta outra.

claro, eu vinha praticando a
forma da bebida
desde os 15 anos
de idade.

e havia muita competição
nesse campo
também.

era um mundo cheio de bêbados e escritores e
escritores bêbados.

e assim
eu virei um bêbado faminto em vez de um escritor
faminto.

a melhor coisa era o resultado
instantâneo.
e logo virei o maior e
melhor bêbado da vizinhança e
talvez da cidade
inteira.

aquilo com absoluta certeza era melhor do que esperar
sentado as cartas de rejeição da *New Yorker* e da
Atlantic Monthly.

claro, eu nunca considerei a sério a ideia de largar
o jogo da escrita, eu só queria fazer uma
pausa de dez anos
deduzindo que se ficasse famoso cedo demais
eu não teria mais nada na reta final
e agora eu tenho,
obrigado,

com a bebida ainda
descendo.

isto

estar bêbado diante da máquina é melhor do que estar
    com qualquer mulher
que jamais vi ou conheci ou de quem ouvi falar
como
Joana d'Arc, Cleópatra, Garbo, Harlow, M.M. ou
qualquer uma das milhares que vêm e vão nas
projeções de celuloide
ou as garotas temporárias que vi tão adoráveis
em bancos de praça, em ônibus, em danças e festas, em
concursos de beleza, cafés, circos, desfiles, lojas de
departamento, competições de tiro ao prato, voos de
    balão, corridas de carro, rodeios,
touradas, lutas na lama, corridas de patins, preparos de
    torta,
igrejas, jogos de voleibol, corridas de barco, quermesses,
shows de rock, prisões, lavanderias ou seja lá onde for

estar bêbado diante desta máquina é melhor do que estar
    com qualquer mulher
que jamais vi ou
conheci.

De

As gravações de Bukowski

Eu sou um desses caras que sempre compram, eu sou um otário. De qualquer forma, então, voltando, lá venho eu carregando todos os seis fardos com três ou quatro pessoas, estamos todos rindo e de repente um cara aparece.

Ele disse "Nossa, vocês parecem estar se divertindo. Vocês se importam se eu for junto?"

Todos disseram "Vem, vem, vem!".

E eu disse "Ei, espera aí...".

Ele disse "Ah, vamos, me deixa ir junto".

Eu disse "Tá bom, vem junto."

Então entramos todos, e começamos a beber e beber. Tem um piano. Eu vou lá tocar piano. A noite avança. Não sei tocar, mas toco. Fico ali sentado numa cadeira – eu não gosto muito daquele cara... Ele está falando sobre a guerra em que ele esteve e quantas pessoas ele matou. E isso não me interessava muito, sabe, porque numa guerra você pode matar pessoas e isso não quer dizer nada. É dentro da lei. O sujeito precisa ter fibra para matar alguém quando não é dentro da lei. Sacou? Foi o que eu disse a ele. Ele continuou falando, se gabando de várias coisas: que bom atirador ele era, quantas pessoas ele matou.

Eu disse "Conversa furada, não me vem com essa!".

Ele disse "Você não gosta de mim?".

Eu disse "Não gosto, sai daqui".

Então ele saiu por um tempo, ficamos todos conversando e bebendo. Aí do nada ele voltou. Ele tinha uma arma. De repente eu não tinha mais amigos ao meu redor. Eles meio que desapareceram... e aí ele chegou atrás de mim e disse: "Você não gosta de mim, é?". Esse é o momento em que muitas vezes as pessoas cometem um erro. Mas eu falo por mim. O que eu disse a ele era verdade.

Eu disse "Não, não gosto de você".

Então ele chegou atrás de mim e colocou a arma na minha têmpora.

Ele disse "Você continua não gostando de mim, é?".

Eu disse "É, continuo não gostando de você".

Vou dizer uma coisa, eu realmente não estava nem um pouco amedrontado. Era quase como ver um filme não sei onde...

Então ele disse "Bem, eu vou te matar".

E eu disse "Ok. Vou dizer uma coisa, se você me matar, saiba que vai me fazer um favor".

O que eu disse a ele era verdade.

Eu disse "Eu sou um suicida de qualquer maneira. Eu ando pensando em como fazer, agora você resolveu meu problema. Se você me matar, você resolveu meu problema e você ganhou um problema. Você pega prisão perpétua ou cadeira elétrica, seja lá o que estiver rolando por aqui".

Houve um silêncio. Eu podia sentir a arma pressionada de leve contra mim. Só fiquei parado e não falei mais nada, ele não falou mais nada. Então ele baixou a arma e foi andando em direção à porta, e a porta de tela bateu, ele saiu...

Depois, então, todos os meus amigos se aproximaram: "Ah, Hank, você está bem?".

Eu disse "Estou, vocês me ajudaram pra valer, não é mesmo? Imóveis, observando. Vocês nem poderiam ter agarrado ele por trás nem nada".

"Bem, Hank..."
Eu disse "Ok...".

Aí tempos depois descobriram que o cara tinha entrado em certa farmácia com uma arma e feito alguma coisa, arrebentou alguém com a coronha e tentou dar um tiro e foi parar num hospício tempos depois. Então ele tinha falado sério mesmo, mas, sabe como é, não há nada como um maluco conversando com outro. Dei sorte. Mas eu realmente estava pronto para partir. Não teria sido grande coisa. E ele percebeu. Se você não sente o medo, você não reage.

* * *

Acho que um homem pode continuar bebendo por séculos, ele nunca vai morrer; principalmente vinho e cerveja... Eu gosto dos bebuns, porque os bebuns saem da bebedeira, e eles ficam mal e eles voltam num salto, eles saltam pra lá e pra cá... Se você precisa ser alguma coisa, seja um alcoólatra. Se não tivesse virado um bebum, provavelmente eu teria cometido suicídio muito tempo atrás. Sabe como é, trabalhando nas fábricas, a jornada de oito horas. Os cortiços. As ruas. Você trabalha num emprego escroto. Você chega em casa de noite, está cansado. O que você vai fazer, ir ao cinema? Ligar o seu rádio num quarto de três dólares por semana? Ou você vai descansar e esperar pelo trabalho do dia seguinte, por $1,75 a hora? De jeito nenhum! Você vai pegar uma garrafa de uísque e beber. E descer até um bar e talvez se meter numa briga de soco. E conhecer uma vadia, algo acaba rolando. Aí você vai trabalhar no dia seguinte, fazer as suas coisinhas simples, certo?... O álcool te dá o desafogo do sonho sem a mortalidade das drogas. Você pode voltar. Você tem a sua ressaca para encarar. Essa é a parte difícil. Você supera, você faz o seu trabalho. Você volta. Você bebe de novo. Sou totalmente a favor do álcool. É o lance.

* * *

Bebemos pesado e um dia de manhã eu acordei com a pior ressaca que jamais tive, era uma cinta de aço em volta da minha cabeça. Eu me sentia realmente péssimo e ela estava no banheiro vomitando. Nós bebíamos um vinho baratíssimo, o vinho mais barato que dava pra arranjar.

Estou ali sentado, quase morrendo. Estou sentado na janela, tentando pegar um ar. Só ali sentado e, de repente, vem caindo um corpo. Um homem completamente vestido, ele usa gravata, muito bem atada, ele parece estar passando em câmera lenta. Sabe como é, um corpo não cai muito rápido. Evidentemente, ele subiu no telhado e simplesmente saltou. O edifício não é muito alto. Quero dizer, ele provavelmente se aleijou pro resto da vida. Não sei.

Vi o corpo passando e falei: "Bem, não creio que eu esteja ficando louco. Creio que foi realmente um corpo que passou."

Então gritei para o banheiro, falei "Ei, Jane! Adivinha!".

Ela disse "Hã, o que é?".

Eu disse "A coisa mais estranha acabou de acontecer".

"Ah, é?"

"É, um corpo humano acabou de despencar pela minha janela. A cabeça veio em cima e ele estava todo alinhado, e ele veio despencando pelo ar. Ele despencou bem na frente da janela."

Ela disse "Ah, conta outra".

Eu disse "Não, não, realmente aconteceu. Não estou inventando".

Ela disse "Ahhh, nem vem, você está tentando ser engraçado. Você não é engraçado".

Eu disse "Eu sei que não sou engraçado. Olha, faz o seguinte. Só vem até aqui, vem até a janela e põe a cabeça pra fora e olha lá embaixo".

Ela disse "Tá bom, lá vou eu".

Ela veio, enfiou a cabeça pela janela e tudo o que ouvi foi "Ah, meu Deus do céu!".

Ela correu para o banheiro e vomitou e vomitou e vomitou. E eu fiquei lá, fiquei sentado e falei "Te avisei, baby, te avisei".

Fui até a geladeira, peguei uma cerveja. Eu me senti melhor. Não sei por que motivo eu me senti melhor. Talvez porque eu tivesse razão. Então abri minha cerveja e sentei e bebi. Continuei sem olhar pela janela porque eu estava me sentindo mal, e isso é tudo.

[Para A.D. Winans]
22 de fevereiro de 1985

[...] Quanto a largar seu emprego aos 50, não sei o que dizer. Eu precisei largar o meu. Meu corpo inteiro estava doendo, eu já não conseguia levantar meus braços. Se alguém me tocava, só esse toque me varava o corpo com torrentes e disparos de intenso sofrimento. Eu estava acabado. Haviam surrado meu corpo e minha mente por décadas. E eu não tinha um centavo. Eu precisava me apagar na bebida para libertar minha mente do que estava acontecendo. Decidi que eu ficaria melhor num beco imundo. Estou falando sério. O final titubeante tinha chegado. No meu último dia de serviço, um cara qualquer deixou escapar um comentário enquanto eu passava: "Esse coroa tem uma coragem danada pra largar um emprego na idade *dele*". Eu nem sentia que eu tinha uma idade. Os anos haviam apenas se acumulado numa pilha de merda.

Sim, eu tinha medo. Tinha medo de nunca conseguir dar certo como escritor, em termos monetários. Aluguel, pensão de criança. A comida não importava. Eu apenas bebia e me sentava diante da máquina. Escrevi meu primeiro romance (*Cartas na rua*) em 19 noites. Eu bebia cerveja e scotch e ficava atirado de calção. Eu fumava charutos baratos e ouvia rádio. Eu escrevia histórias de sacanagem para as revistas de sexo. Isso pagava o aluguel e também levava os molengas e os medrosos a dizer: Ele odeia as mulheres. Minhas declarações de rendimentos daqueles primeiros anos revelam uma quantidade ridiculamente pequena de dinheiro auferido, mas, de alguma maneira, eu existia. As leituras de poesia vieram e eu as odiava, mas era mais $$$. Foi uma época de bebedeira nebulosa e desvairada, e tive alguma sorte. E eu escrevia e escrevia e escrevia, adorava o bater da máquina. Cada dia era uma luta. E dei sorte com um bom senhorio e senhoria. Eles me achavam maluco. Eu descia e bebia com eles noite sim, noite não. Eles tinham um refrig. abarrotado com nada senão garrafas de um litro de cerveja Eastside. Bebíamos direto das garrafas, uma depois da outra até as 4 da manhã, cantando canções dos anos 20 e 30. "Você é maluco", minha senhoria ficava repetindo, "você largou aquele emprego bom nos correios." "E agora você está andando com aquela mulher maluca. Você sabe que ela é maluca, não sabe?", o senhorio falava.

Além disso, eu ganhava dez paus por semana para escrever aquela coluna "Notas de um velho safado". E posso afirmar, aqueles dez paus pareceram grande coisa por algum tempo.

Não sei, A.D., não sei direito como foi que eu consegui. A bebida sempre ajudava. Ainda ajuda. E, francamente, eu adorava escrever! O SOM DA MÁQUINA DATILOGRÁFICA. Às vezes penso que o som da máquina datilográfica era só o que eu queria. E a bebida ali, cerveja com scotch, ao lado da máquina. E encontrar tocos de charutos, tocos velhos, acendê-los bêbado e queimar meu nariz. Não era tanto que eu estivesse TENTANDO ser um escritor, era mais tipo fazer algo que dava uma sensação boa.

poemas da noite escura

quanto mais rápido você entorna
tanto mais imortal você se
sente.

não imortal no sentido de
viver para sempre
mas imortal no sentido de
sentir que você quase viveu
para sempre

e você ainda está aqui
apesar de
tudo
e
quase
apesar de
você mesmo.

* * *

por que as pessoas querem se curar
da bebida é
incompreensível
para mim
embora eu saiba que há um preço
no fígado
no coração
e
em tudo
mais

estou disposto a pagar esse
preço

pessoas que fracassam na bebida
tendem a fracassar
em muitas outras coisas
também
e não é a garrafa que é
a maldição
é a pessoa
envolvida

esta é uma bela
segunda garrafa

olhamos um para o outro
nas primeiras horas
da manhã
e é
um belo caso
de amor: direto
honesto e
totalmente
obsessivo

e meus dedos continuam
batendo estas teclas

enquanto penso em Li Bai
tantos
séculos atrás
bebendo seu vinho
escrevendo seus poemas
depois
botando fogo
neles
e os lançando em
navegação rio
abaixo

enquanto os imperadores
choravam.

De

"Uma noite na casa de Buk"

Pergunta: Você costumava participar de competições de bebida, eu acho.

Bukowski: Sim, eu me lembro disso. As competições de bebida? Sim, muitas vezes eu ganhava.

Pergunta: Alguma vez você perdeu?

Bukowski: Não muitas. Mas na época eu era ótimo. Eu conseguia beber muito, e meio que conseguia beber mais do que todos. Acho que sempre tive gosto pela coisa, sabe. É agradável. Dá uma sensação boa. E, durante aquelas competições, todas as bebidas eram de graça. Era uma beleza. E ser pago para beber.

Pergunta: Álcool, vinho, eles são uma espécie de véu de ilusão que você joga sobre a realidade? Ou é uma maneira de ver as coisas mais claramente?

Bukowski: Bem, para mim, eles me tiram da pessoa normal que eu sou. Como se eu não tivesse que encarar essa pessoa dia após dia, ano após ano... O cara que escova os dentes, vai ao banheiro, dirige na estrada, fica sóbrio para sempre. Ele só tem uma vida, entende? Beber é uma forma de suicídio em que você tem permissão de voltar à vida e começar do zero no dia seguinte. É como você se matar e depois renascer. Acho que já vivi umas dez ou quinze mil vidas agora. Mas o homem que bebe pode se tornar uma outra pessoa. Ele ganha uma vida totalmente nova. Ele é diferente quando está bebendo. Não estou dizendo que ele é melhor ou pior. Mas ele é diferente. E isso dá ao homem duas vidas. E geralmente é na minha outra vida, na minha vida bêbada, que eu escrevo. Bem, eu tive sorte com a escrita. Decidi que beber é muito bom para mim. Isso responde à sua pergunta em alguma medida?

Pergunta: Então você bebe para escrever?

Bukowski: Sim, ajuda minha escrita.

Pergunta: De preferência vinho, como você disse.

Bukowski: O vinho ajuda a manter as coisas normais. Eu costumava beber cerveja e scotch juntos. E escrever. Mas você só consegue escrever por uma hora, ou talvez uma hora e meia desse jeito. Depois já fica demais. Mas com o vinho, como eu disse, você consegue escrever três ou quatro horas.

Pergunta: E com cerveja?

Bukowski: Cerveja, bem... você precisa ir ao banheiro a cada dez minutos. Quebra a concentração. Então o vinho é o melhor para a criação. O sangue dos deuses. [...]

Pergunta: Na sua juventude, você bebia para provar sua masculinidade?

Bukowski: Sim, no pior sentido, sim. Nós costumávamos pensar que homem tinha que beber, sabe. Que a bebida fazia o homem. Claro, isso é totalmente falso. E aqueles dez anos que eu passei só nos bares... Uma quantidade absurda de gente que bebe não é homem, mal chega a ser alguma coisa. E eles ficavam no meu ouvido, e eles enfiavam na minha cabeça as mais terríveis asneiras de que já se ouviu falar... então beber não cria nada. É destrutivo para a maioria das pessoas. Não para mim, entende, mas para a maioria das pessoas.

Pergunta: Para você não é?

Bukowski: Não, é antidestrutivo. [...] Eu produzo toda a minha escrita quando estou bêbado. Enquanto estou batendo à máquina, estou sempre bêbado. Como posso reclamar? Eu deveria reclamar dos direitos autorais? Sou pago por beber. Me pagam para beber. Isso é adorável.

imortal bebedor de vinho

Li Bai, sigo pensando em você enquanto
esvazio estas garrafas de
vinho.

você sabia como passar os dias e as
noites.

imortal bebedor de vinho,
o que você faria com uma máquina de escrever
elétrica,
chegando depois de dirigir pela
autoestrada Hollywood?

no que você pensaria ao assistir à
tevê a cabo?

o que você diria sobre os arsenais
atômicos?

o Movimento pela Liberação das
Mulheres?

terroristas?

você assistiria ao futebol nas noites de
segunda?

Li Bai, nossos hospícios e cadeias estão
superlotados
e os céus raramente estão
azuis
e a terra e os rios
fedem às nossas
vidas.

e por fim:
começamos a detectar onde Deus
se esconde e nós vamos
expô-Lo e
perguntar:
"POR QUÊ?"

bem, Li Bai, o vinho segue
bom, e apesar de tudo há
ainda algum
tempo
para
sentar sozinho
e
pensar.

gostaria que você estivesse
aqui.

digamos,
meu gato acaba de entrar

e aqui
neste quarto bêbado
nesta noite bêbada
há estes
grandes olhos amarelos
olhando para
mim

enquanto sirvo uma
taça cheia
deste belo vinho tinto

para
você.

eliminando as patentes

do que estou falando, ele disse, é dos ex-alcoólatras,
    eles têm
aparecido aqui, tenho visto suas peles se amarelarem e
seus olhos se esbugalharem, suas almas frouxas e
embotadas, então eles começam a falar que nunca se
sentiram tão bem e que a vida tem agora novo e real valor,
    nada de ressacas,
nada de mulheres a abandoná-los, fim dos vexames, fim
    da culpa, é
uma beleza, uma verdadeira beleza

mas não vejo a hora de que sumam, são pessoas horríveis,
mesmo quando caminham sobre um tapete seus sapatos
    não deixam
marcas, como se não houvesse ninguém ali

então eles falam de Deus, de um jeito plácido, você sabe,
    eles não querem
forçar você a nada mas...

tento não beber na frente deles, não quero forçá-los
a retornar àquele lugar
horrível.

finalmente, eles se vão...

e eu vou à cozinha, sirvo a bebida, seco metade, dou
   uma risada
para a metade restante.

nenhum desses ex-alcoólatras que conheci era um profissional
classe A do alcoolismo, eles apenas experimentavam e
apostavam baixo na coisa...
tenho estado bêbado nas últimas 5 décadas, bebi mais
   trago do que
eles beberam água; o que os colocou em uma condição
   alcoólica
boboca e cagada é o que costumo usar como
aquecimento.

algumas pessoas simplesmente falham em tudo e o que
   estou dizendo
aqui tem a ver com esses ex-alcoólatras: você não pode
   ser ex
de alguma coisa que nem começou a
ser.

outra coisa que faz tudo ser ainda mais enfadonho e
terrível: eles continuam alegando ser alcoólatras mesmo
   depois
de terem parado.

isso é algo a ser imensamente ressentido pelos genuínos
   elementos da
tribo: nós merecemos nosso lugar, sentimo-nos mere-
   cedores e
honrados de nossa posição, preferiríamos não ser
representados por esses inúteis de araque: alguém não
   pode desistir
daquilo que
nunca teve.

De

"Garoto encharcado de gim"

Pergunta: Qual foi o período em que você se baseou para o roteiro [*Barfly*]?

Bukowski: Na verdade, foram dois períodos que eu misturei. Quando morei na Filadélfia eu fui um barfly. Eu tinha uns 25, 24, 26 anos, é meio confuso.

Eu gostava de brigar – eu me considerava um cara durão. Eu bebia e brigava. Meu meio de subsistência... não faço ideia de como consegui. Os tragos eram de graça, as pessoas me pagavam bebida. Eu era mais ou menos o animador do bar, o palhaço. Era simplesmente um lugar para ir todos os dias. Eu entrava às cinco todos os dias; ele abria oficialmente às sete, mas o bartender me deixava entrar, e eu tinha duas horas de bebida grátis. Uísque. Então eu já estava pronto quando a porta era aberta. Aí ele dizia: "Desculpa, Hank. Sete horas. Não posso te dar mais bebida". Eu dizia que encarava o que fosse. A largada era boa, com duas horas de uísque. Então eu ganhava principalmente cerveja. Eu fazia pequenos serviços em troca de sanduíches, quase sempre apanhava. Ficava lá sentado até duas da manhã, voltava para o meu quarto e às cinco da manhã já estava de volta. Duas horas e meia de sono. Acho que quando você está bêbado você está meio adormecido de qualquer maneira. Você está descansando.

Eu ia para casa e tinha uma garrafa de vinho lá. Eu bebia metade dela e ia dormir. E eu não comia.

Pergunta: Você devia ter uma compleição dos diabos.

Bukowski: Eu tinha sim. E afinal fui parar num hospital dez anos depois.

Pergunta: Você tinha muita energia?

Bukowski: Não. Apenas a energia para levantar um copo. Eu estava me escondendo. Não sabia mais o que fazer. Aquele bar lá no leste era um bar animado. Não era um bar comum. Havia personagens lá. Havia um sentimento. Havia feiura, havia estupidez e tédio. Mas havia também certa vibração alegre que dava para sentir lá. Caso contrário eu não teria permanecido.

Fiquei uns três anos lá; fui embora, voltei, fiquei mais três anos. Depois voltei para L.A. e trabalhei na Alvarado Street, os bares de um canto a outro. Conheci as damas – se você preferir chamá-las assim.

É meio que uma mistura de duas áreas, L.A. e Filadélfia fundidas. Posso estar trapaceando, mas é para ser fictício de todo modo, certo? Deve ter sido por volta de 1946.

Parece que todos os bons e velhos bares da escória estão desaparecendo. Naquele tempo, a Alvarado Street ainda era branca. E você podia simplesmente dar uma conferida num bar e ser expulso e depois dar dez meros passos e eis outro bar para você entrar.

Já entrei em bares com pessoas apodrecidas e uma sensação de absoluto apodrecimento. Você toma um copo e quer dar o fora dali o mais rápido possível. Mas aquele bar era um buraco vívido no céu.

No primeiro dia em que pisei lá dentro, fiquei viciado. Eu tinha acabado de chegar à cidade. Saí do meu quarto – por volta de duas da tarde. Entrei e falei: "Me dá uma garrafa de cerveja". Peguei ela e uma garrafa veio voando pelo ar, passou raspando pela minha cabeça. As pessoas continuaram conversando! O cara do meu lado se virou e disse: "Ei, seu filho da puta, faz isso de novo que eu arranco a porra da sua cabeça". Então lá veio outra garrafa voando. "Eu te avisei, seu filho da puta." Então há uma grande briiiiigga. Todo mundo saiu pelos fundos.

Falei: "Meu Deus, que lugar jovial e adorável. Vou ficar aqui". Então fiquei esperando por uma repetição daquela primeira tarde adorável. Esperei três anos e não aconteceu. Eu tive que fazer acontecer. Assumi o controle.

E afinal fui embora. Falei: "Aquela primeira tarde nunca vai se repetir". Eu fui sugado. Foi logo depois do fim da guerra.

108 quilos

bem, você se acostuma com a bebida, você tem
uma sempre por perto, e aí no intervalo do
trago forte você relaxa com cerveja e
vinho.
então quando você decide não beber por um dia
ou uma noite,
eis uma batida na porta e 2 ou 3
pessoas com algo para
beber.

engorda.
cheguei a 108 quilos e só tenho um
metro e oitenta e dois
mas estourei do pescoço para baixo,
um arco recurvado de carne, não, arca define
melhor, o cinto apertado demais sufocando,
cortando o ar, a barriga pendendo
sobre o cinto, o rosto cheio demais, os olhos
avermelhados, a pele
esburacada e doentia.
outra garrafa fazia você
esquecer.

os botões se arrancavam das camisas,
as mangas eram curtas demais,
camisetas a melhor saída, e jeans,
eu ali todo inchado,
imenso, baforando um charuto
barato, eu não sabia
nada.

mas eu sempre bebia até o sol despontar
fosse com alguém ou
sozinho.

não vendiam mais calças do meu
tamanho nas lojas normais
então fui numa loja de
grandalhão e o cara me parou
na porta:
"você não é grande o bastante!"
"tá bom, te vejo em
um mês."

eu era grande demais para roupas normais
e pequeno demais para roupas de
grandalhão.

além disso, as poucas mulheres conhecidas diziam
"meu deus, não sobe em cima de
mim!".

"ok, baby, ok, a gente
dá um jeito..."

com tanta cerveja, vinho, vodca, scotch,
uísque, gim...
aquelas evacuações matinais eram
algo...
o vaso sanitário parecia ter sido
soterrado por 3 pazadas...
e a nojeira não tinha só cheiro
de fezes,
também se sentia o cheiro dos líquidos
consumidos na noite
anterior... o scotch, o gim...
etc.

o problema era que o fedor
durava 3 ou 4 horas.
se uma visita aparecesse
ela dizia algo assim:
"que porra é essa?
alguém morreu aqui
dentro?".

tentei resolver a situação
pegando um ventilador e soprando ar
pelo banheiro
mas isso só espalhou o problema
pelo pátio
todo.

eu também vomitava muito de
manhã e descobri que a melhor maneira
de acalmar o estômago era meio
copo de ale misturado com meio

copo de suco
de tomate.

certa manhã eu estava sentado na
janela diante da rua
(o pátio da frente era meu) e
dois garotos delicados passaram
na calçada.

"ei", ouvi um deles dizer,
"aquele coroa lá dentro é realmente
doido e bizarro, ele é como um
homem de Neandertal que quebrou
a corrente."

eu realmente gostei:

reconhecido
afinal.

De
Hollywood

[O] argumento começou a andar. Eu escrevia sobre um jovem que queria escrever e beber, mas a maior parte de seu sucesso era com a garrafa. O jovem fora eu. Embora aquele não fosse um tempo infeliz, tinha sido, em grande parte, um tempo de vazio e espera. Enquanto eu batia à máquina, os personagens de um certo bar me voltavam à memória. Eu tornava a ver cada rosto, os corpos, ouvia as vozes. Ali estava um bar que tinha um certo encanto mortal. Eu me concentrei nisso, revivi as brigas de bar com o garçom. Eu não era bom de briga. Para começar, tinha as mãos pequenas demais e vivia mal alimentado, muito mal alimentado. Mas tinha uma certa garra e encaixava um soco muito bem. Meu principal problema numa briga era que não conseguia me enfurecer de verdade, mesmo quando minha vida parecia estar em jogo. Era tudo teatro comigo. Importava e não. Brigar com o garçom era algo que tinha de ser feito e agradava aos fregueses, que eram um grupinho muito unido. Eu era o de fora. Tem alguma coisa positiva na bebida – aquelas brigas todas teriam me matado se eu tivesse sóbrio, mas, bêbado, era como se o corpo virasse borracha e a cabeça cimento. Pulsos torcidos, lábios inchados e rótulas machucadas eram mais ou menos tudo que eu sofria no dia seguinte. E também galos na cabeça, das quedas. Como isso podia virar um argumento, eu não sabia. Só sabia que era a única parte da minha vida sobre a qual não escrevera muito. Acredito que era são naquela época, tão são quanto qualquer outro. E sabia que havia toda uma civilização de almas penadas que viviam entrando e saindo de bares, diariamente, noturnamente e para sempre, até a morte. Nunca lera sobre essa civilização, e por isso decidi escrever sobre ela, como a lembrava. A boa máquina velha matraqueava.

* * *

Francine Bowers estava de volta com seu caderno de anotações.

– Como foi que Jane morreu?

– Bem, eu estava com outra pessoa nessa época. A gente tinha se separado dois anos antes, e eu apareci pra visitar ela pouco antes do Natal. Ela era criada num hotel, e muito popular. Todo mundo no hotel já lhe dera uma garrafa de vinho. E lá no quarto dela tinha uma prateleirinha que corria ao longo da parede logo abaixo do teto, e na prateleira devia haver 18 ou 19 garrafas.

"– Se você tomar essa bebida toda, e eu sei que vai, ela vai te matar! Será que esse pessoal não vê isso?

"Jane apenas olhou pra mim.

"– Eu vou tirar todas essas porras de garrafas daqui. Esse pessoal está tentando matar você!

"Também dessa vez ela só olhou pra mim. Fiquei com ela nessa noite e bebi três das garrafas, o que reduziu o número pra 15 ou 16. Pela manhã, quando saí, disse a ela:

"– Por favor, não beba isso tudo...

"Voltei uma semana e meia depois. A porta estava aberta. Não tinha mais garrafas no quarto. Localizei ela no Hospital Municipal de L.A. Estava em coma alcoólico. Fiquei lá sentado por um longo tempo, só olhando pra ela, umedecendo os lábios dela com água, afastando os cabelos dos olhos. As enfermeiras nos deixaram em paz. Aí, de repente, ela abriu os olhos e disse:

"– Eu sabia que seria você.

"Três horas depois, estava morta."

– Ela nunca teve uma verdadeira oportunidade – disse Francine Bowers.

– Não queria. Foi a única pessoa que conheci que sentia o mesmo desprezo que eu pela raça humana.

Francine fechou seu caderno.

– Tenho certeza de que isso tudo vai me ajudar...

E foi-se.

2 pinturas de Henry Miller e etc.

a embriaguez pode ter suas vantagens, como agora, sen-
 tado sozinho nesta
sala, uma da manhã, da janela posso ver as luzes da cidade,
 bem,
algumas delas, e olho para elas e me dou conta das minhas
 mãos, meus
pés, minhas costas, meu pescoço e uma pequena revira-
 volta na mente: ter quase
70 dá uma longa retrospectiva: as cidades, as mulheres,
 os empregos, os tempos
bons e os ruins e parece muito *estranho* ainda estar vivo,
 baforando
um cigarro, depois erguendo esta taça de vinho de haste
 alta enquanto há
uma esposa no andar de baixo que diz que me ama, e há
 5 gatos, e agora
meu rádio estrondeia Bach.

a embriaguez pode ter suas vantagens: sinto ter enfren-
 tado
5.000 guerras, mas agora só há estas paredes me man-
 tendo enquanto
há duas pinturas de Henry Miller no andar de baixo.
olho para o meu passado e acho mesmo que a coisa mais
ridícula que já imaginei foi que eu era um cara durão –
 nunca consegui brigar

porra nenhuma, eu só achava que conseguia e sofri por
 isso muitas vezes,
mas a embriaguez pode ter suas vantagens: uma da ma-
 nhã, confessionários para
hordas de negociantes.

mas
quem se importa?
o voto final não chegou ainda.

sou durão.
durão o bastante para morrer bem.

olho as luzes da cidade, exalo uma nuvem de fumaça
 azul, ergo minha
taça de vinho de haste alta, brindo ao que restou de mim
 mesmo, do que sobrou
do mundo:
atravessando continentes de dor
passo a faca no último pássaro azul
ferindo suas asas
tolamente.

uma sede imensa

tenho me tratado com anticorpos por quase 6 meses,
baby, para curar um caso de tuberculose, cara, sobrou
para um velho como eu pegar uma doença tão
antiquada, pegar uma do tamanho de uma bola de bas-
quete ou como uma sucuri
engolindo um macaco gibão; então agora estou me tra-
tando com anticorpos e me disseram para não beber
ou fumar por 6 meses, e falam sobre morder ferro com
seus
dentes, eu tenho bebido e fumado pesadamente e firme-
mente com os melhores
e os piores deles por mais de 50 anos, é.
e a parte mais difícil, parceiro, é eu conhecer gente de-
mais que
bebe e fuma e eles continuam a beber e fumar direto na
minha frente como se
eu não estivesse me segurando para não quebrar seus
crânios e rolá-los pelo assoalho
ou só afugentá-los para bem longe da minha vista – uma
vista que
anseia *muito* por qualquer coisa mesmo microscopica-
mente alcoólica.
a parte difícil seguinte disso é ficar sentado à máquina de
escrever sem aquilo,
quero dizer, isso foi meu show, minha dança, minha
distração, minha

raison d'être, é isso, misturando fumaça e bebida com
   bater à máquina e você pode
apostar que é onde a sorte chove dia e noite e o restante
   do tempo, e
você ouve a frase "cortar é um bode" mas eu não acho
   que seja
forte o bastante, deveria ser "fazer picadinho é um bode"
   ou "enterrando o bode
ainda quente", enfim não tem sido fácil, não não não não
   não não não não não,
e eu até tive um sonho no qual eu estava bebendo em
   algum lugar e depois
fui parado por dirigir bêbado, e quando eu olho para
   uma garrafa de
cerveja parece sol engarrafado, uma tragada de cigarro é
   como o sopro da vida
e uma garrafa de vinho tinto parece o sangue da própria
   vida.
para mim, é difícil pensar no futuro ou me preocupar
   com isso: o presente
imediato parece tão esmagador e agora eu simpatizo com
   todos aqueles que fracassam; pois estes últimos 6
   meses têm sido os 6 meses mais longos da minha vida.
desculpe aborrecê-lo com tudo isso... mas não é por isso
   que você está
aqui?
parece bom.
agora *você* fala e *eu*
escuto.

De
"Charles Bukowski"

Pergunta: Num dos seus poemas, você disse que bebia pesado e então ficava batendo à máquina a noite toda. Seu objetivo era escrever dez páginas antes de dormir, mas com frequência você chegava a escrever até vinte e três. Você pode me contar mais a respeito disso?

Bukowski: Eu tinha acabado de largar os correios e estava tentando ser um escritor profissional aos cinquenta anos de idade. Talvez eu estivesse assustado. As fichas estavam na mesa. Eu estava escrevendo o romance *Cartas na rua* e sentia que o meu tempo era limitado. Nos correios, minha jornada começava sempre às 18h18. Então toda noite eu me sentava às 18h18 com meu meio litro de scotch, uns charutos baratos e cerveja abundante, rádio ligado, claro. Toda noite eu me acabava batendo à máquina. O romance foi concluído em dezenove noites. Eu nunca me lembrava de como eu tinha ido pra cama. Mas todas as manhãs, ou perto do meio-dia, eu encontrava diversas páginas espalhadas pelo sofá. A boa luta, finalmente. Meu corpo inteiro, meu espírito inteiro, se desvairava com a batalha.

Pergunta: Para você, existe alguma diferença entre escrever bêbado e escrever sóbrio? Um dos dois estados se presta melhor à escrita?

Bukowski: Eu costumava escrever sempre bebendo e/ou bêbado. Nunca pensei que conseguiria escrever sem a garrafa. Mas nos últimos cinco ou seis meses tive uma doença que limitou minha bebedeira. Então me sentei e escrevi sem a garrafa, e tudo saiu do mesmo jeito. Então não importa. Ou talvez eu escreva como se estivesse bêbado quando estou sóbrio.

Pergunta: Whitey era um amigo seu da vida real?

Bukowski: "Whitey" era um parceiro intermitente de bebedeiras num hotel da Vermont Avenue. Eu ia lá de vez em quando para ver uma namorada e com frequência ficava dois ou três dias e noites. Todo mundo naquele lugar bebia. Principalmente vinho barato. Havia um cavalheiro, um "sr. Adams", um camarada muito alto que despencava pela longa escadaria duas ou três noites por semana, geralmente por volta da 1h30 da manhã, quando estava fazendo uma última tentativa de se valer da loja de bebidas na esquina. Ele descia rolando aquela escadaria longa, muito longa, dava para ouvir os sons dele batendo pelos degraus, e a minha namorada dizia: "Lá vai o sr. Adams". Todos nós sempre esperávamos para ver se ele ia irromper pela porta de vidro, e às vezes ele irrompia. Acho que ele pegava a porta de vidro meio que cinquenta por cento das vezes. O gerente simplesmente mandava alguém vir para trocar a porta no dia seguinte, e o sr. Adams tocava em frente a vida. Ele nunca se machucava, nunca muito feio. Aquela queda teria matado um homem sóbrio. Mas, quando você está bêbado, você cai solto e macio como um gato, e não há medo dentro de você, você ou fica um pouco entediado ou fica rindo um pouco de si mesmo por dentro. Whitey simplesmente deixou rolar uma noite, o sangue jorrando pela boca.

[Para Carl Weissner]
8 de novembro de 1989

[...] Não aguentei a seca duas vezes. Minha filha se casou e todos aqueles bêbados em volta e todas aquelas bebidas grátis em volta me afetaram. Bebidas grátis o caralho, *eu* paguei pela recepção. Depois, cerca de uma semana atrás, virei quatro ou cinco cervejas. Nada mal para um alcoólatra de vida inteira. De qualquer forma, a radiografia do tórax veio limpa – tudo brancas nuvens. Estou livre da tuberculose e de todas as coisas relacionadas. Mas ainda vou tomar antibióticos até e incluindo 13 de novembro, só para cravar com certeza.

Cara, que merda que foi. Meses de fraqueza, tosse por 12 horas seguidas, sem sono, sem apetite, quase fraco demais pra andar até o banheiro. Nada pra fazer a não ser ficar deitado naquela cama. Eu via jogos de beisebol na TV pelos quais não tinha nenhum interesse. Uma coisa boa da tuberculose, no entanto, é que ninguém te visita, e isso é ótimo. Acho que o melhor momento, pra mim, foi quando consegui rabiscar uns poemas num caderno amarelo. [...]

Sim, vou começar a beber de novo, mas não com tanta frequência. Gosto de beber, claro, quando estou escrevendo e quando há visitas. As pessoas me parecem mais interessantes quando estou bebendo.

Martin vai publicar outro livro na primavera, *Miscelânea septuagenária*, que é uma mistura de poesia e contos. Uma das coisas engraçadas é que muitos dos poemas que John selecionou foram escritos durante o meu recente período de doença. Isso demonstra que eu não descambei completamente.

Dá uma sensação razoavelmente boa. Ainda sou viciado na máquina, gosto de rolar pra dentro as folhas brancas e bam bam bam bam nas teclas. Estou doente de escrita. É a minha droga. É a minha mulher, meu vinho, meu deus. Minha sorte.

De
"P&R"

Pergunta: Existe uma relação entre a personalidade criativa e o desejo de usar drogas ou álcool? Se sim, por quê?

Bukowski: Os escritores, na maioria, são pessoas insatisfeitas com a vida enquanto vida e com as pessoas enquanto pessoas etc. Escrever é uma tentativa de explicar, escapar e transformar as forças ultrajantes que nos fazem mais do que infelizes. Beber é uma química que também rearranja nossos horizontes para nós. Ela nos dá dois modos de viver em vez de um.

Pergunta: Você acredita que uma grande porcentagem dos escritores é alcoólatra, ou isso é mito?

Bukowski: Conheço um grande número de escritores e sou o único alcoólatra que conheço. Na verdade, estou bebendo enquanto respondo a estas perguntas.

Pergunta: Você acha que alguns escritores acreditam que, usando álcool ou drogas, eles experimentam maior percepção ou maior capacidade de ver "verdades"? Eles se iludem?

Bukowski: Beber lubrifica o maquinário, mas duvido que nos dê quaisquer percepções ou verdades. Apenas tira do imobilismo a nossa bunda-mole. Agita os ventos por trás dos deuses. Além disso, eu bebo quando não estou escrevendo, mas, de certo modo, acho que também estou escrevendo então. A mente se dispersa para recolher novas superfícies, pequenas impressões.

Pergunta: Viver num mundo dominado pela tecnologia requer drogas como uma porta para perceber os níveis míticos da existência?

Bukowski: O bêbado usa qualquer desculpa para beber: má sorte, boa sorte, tédio ou tecnologia demais. Beber é uma doença? Comer é? Tantas coisas são necessárias para que nós aguentemos tudo. E se elas não existirem, nós as inventamos.

Pergunta: Você concordaria que os escritores viciados escrevem bem apesar de seu vício, como já foi dito que Van Gogh era um gênio apesar de sua doença?

Bukowski: Acho que a "doença" está em não estar doente. Acho que as pessoas mais horríveis são as bem equilibradas, as saudáveis e as determinadas. Van Gogh é superestimado, mas, se ele estivesse aqui com a gente, eu certamente odiaria vê-lo malhando na academia da esquina.

Pergunta: Álcool e drogas podem ser amigos substitutos para os escritores?

Bukowski: Um escritor não tem amigos, apenas aliados distantes. E não gosto de falar de álcool e drogas da mesma maneira. Caí nas drogas por um tempo. Descobri que as drogas deixavam a mente indiferente à criação. Indiferente a tudo. O álcool fazia a musa dançar; as drogas faziam a musa desaparecer. Para mim.

Pergunta: Você já escreveu sob influência de drogas ou álcool? Se sim, como drogas específicas estimulam ou retardam seu pensamento e seus processos visuais? Como elas afetam sua escrita?

Bukowski: Eu bebo quando escrevo. É boa sorte, é música de fundo. Vinho e cerveja são excelentes para longas horas de boa sorte. Uísque, bebida pesada, se você beber como eu, bem, só é bom por talvez uma hora. Depois disso você imagina que está criando a maior obra-prima do mundo, apenas para despertar de manhã com páginas desperdiçadas de puro esterco.

Pergunta: Escrever enquanto você experimenta os efeitos das drogas é importante para o processo criativo? Ou os benefícios do uso de drogas são obtidos em um momento inteiramente separado do ato de escrever?

Bukowski: Beber já é bom por si só. Na verdade, às vezes é uma grande salvação, principalmente quando você se vê preso a pessoas chatas, solitárias e nada originais.

Pergunta: Truman Capote afirmou que, uma vez que ele começava a escrever, "com terrível fervor, minha mente zunia a noite toda e todas as noites, e não creio que eu realmente tenha dormido por vários anos. Não até descobrir que o uísque podia me relaxar". Você já usou drogas ou álcool para escapar das garras da escrita obsessiva, ou para relaxar dos efeitos da criação?

Bukowski: Quando leio Capote, preciso de uma bebida para tirar aquela porcaria rala da minha cabeça.

Pergunta: Quando a pessoa de fato bebe ou usa outras drogas, ela o faz, ao menos em parte, para se livrar de inibições e vergonhas. As drogas ajudam a superar o medo de se expor? Você acha que há um ponto em que os proveitos começam a diminuir?

Bukowski: Só um abstêmio invejoso faria uma pergunta como essa.

Pergunta: Você acha que as drogas ou o álcool podem corroer o processo criativo a longo prazo? Em que condições isso pode ser evitado, se é que pode ser?

Bukowski: As drogas, especialmente, podem corroer o processo criativo. Na bebida, qualquer aposta implica uma possível perda, mas é melhor lançar os dados do que dormir com as freiras. Aos setenta anos, por causa da minha esposa, dos meus seis gatos e da minha filha, tento não beber todas as noites. Mesmo assim, para minha própria morte eu estou pronto. São apenas as outras mortes que me incomodam.

Pergunta: Se você já usou drogas ou álcool e agora se abstém, como isso afetou sua escrita?

Bukowski: Isso eu não saberia dizer.

ressacas

provavelmente as tive mais
do que qualquer pessoa viva
e elas não me mataram
ainda
mas algumas das manhãs pareceram
tenebrosamente próximas da
morte.

você sabe, a pior bebedeira é a
do estômago vazio, quando fumamos
sem parar ingerindo inúmeros
tipos de
libações.

e as piores ressacas são quando você
acorda em seu carro ou num quarto estranho
ou num beco ou na cadeia.

as piores ressacas são quando você
acorda e constata que fez
algo absolutamente vil, ignorante e
possivelmente perigoso na noite anterior
mas

não lembra direito o que
foi.

e você acorda em vários estados de
desarranjo – partes do seu corpo
avariadas, seu dinheiro sumido
e/ou possivelmente e muitas vezes seu
carro, se você tiver um.

você terá telefonado para
uma dama, se estiver com uma, quase
sempre para ouvi-la desligar
na sua cara.
ou, se ela estiver ao seu lado,
para sentir sua eriçada e escandalosa
ira.

bêbados nunca são perdoados.
mas bêbados se perdoam
porque precisam beber
de novo.

só com atroz durabilidade a
pessoa consegue ser ébria por várias
décadas.

os companheiros de bebida são
mortos por ela.
você mesmo está dia sim dia não nos
hospitais
onde o aviso frequente é:
"Mais um copo e você
morre."

mas
você derrota a morte
bebendo mais do que só um
copo.

e ao se aproximar dos três quartos
de século na idade
você descobre que precisa de cada vez mais
trago para ficar
bêbado.

e as ressacas são piores,
a fase de recuperação
dura mais.

e a coisa mais incrivelmente idiota
é que
você não fica descontente por
ter feito
tudo
e por ainda estar
fazendo.

escrevo isto agora
sob o jugo de uma das minhas
piores ressacas
enquanto no andar de baixo
repousam muitas e variadas
garrafas de
bebida alcoólica.

foi tudo tão medonhamente
adorável,
este rio louco,
esta esfoladora e
saqueadora
loucura
que não desejo a
ninguém
senão a mim mesmo,
amém.

as reposições

Jack London bebendo rumo à morte enquanto
escrevia sobre homens estranhos e heroicos.
Eugene O'Neill bebendo rumo à letargia
enquanto escrevia suas obras
sombrias e poéticas.

agora nossos modernos
palestram em universidades
de terno e gravata,
os garotinhos sobriamente estudiosos,
as garotinhas com olhos vidrados
olhando
para o alto,
os gramados tão verdes, os livros tão chatos,
a vida tão moribunda de
sede.

De
"Entrevista com Charles Bukowski"

Pergunta: Você parece ter um fascínio por sexo e alcoolismo, o que é esse fascínio?

Bukowski: Sexo? Bem, ele me atraiu porque esteve muito ausente da minha vida, basicamente dos 13 aos 34 anos. Eu simplesmente não queria pagar o preço, fazer os truques, me dedicar. Então, não sei, por volta dos 35 anos eu decidi que era melhor dar um jeito, e acho mesmo que, brincando de correr atrás, acabei exagerando. Descobri que era a coisa mais fácil do mundo. Encontrei dezenas de mulheres solitárias por todos os lados. Mandei bala como um doido. Um dia aqui, no outro ali. Meu carro estacionado nesse ou naquele lugar. Jantares. Quartos. Banheiros. Num lugar de manhã, noutro de noite. De vez em quando me pegavam. Eu conhecia uma ou outra, por causa delas eu me sentia supermal, elas me enrolavam e me fisgavam, acabavam comigo. Tubarões. Mas até eu, com o passar do tempo, aprendi a lidar com os tubarões. E, depois de um tempo, foder e chupar e brincar perdeu sua realidade. Eu trepava tanto que a pele do meu pau estava em carne viva. Boceta seca? Claro, mas principalmente eu sabia os truques, o que fazer, como fazer, e aí ficou trivial e sem sentido. O sexo, muitas vezes, é só provar algo pra você mesmo. Depois de você provar por algum tempo, não há mais necessidade de continuar provando. Mas em certo sentido eu tive sorte: fiz todos os meus treinamentos de foda antes do advento da AIDS.

O álcool é outra conversa. Sempre precisei dele. Ele precisa de mim. Nesta noite, tomei um bom número de cervejas e uma garrafa de vinho em algumas horas. Ótimo. O sangue cantando. Não acho que eu conseguiria ter suportado qualquer um dos empregos de merda que eu tive em tantas cidades deste país sem saber que eu poderia voltar para o meu quarto e beber e relaxar, deixar as paredes se inclinarem e o rosto do capataz subnormal desaparecer, sempre sabendo que eles estavam comprando meu tempo, meu corpo, a mim, por alguns centavos enquanto eles prosperavam. Ao mesmo tempo, eu nunca conseguiria ter vivido com algumas daquelas mulheres a menos que fossem transformadas pela bebida em quase-sonhos que oscilavam diante de mim. Sob efeito da bebida, suas pernas sempre pareciam mais bonitas, suas conversas, mais do que um cicio idiota, suas traições não eram autoafrontas. Com as drogas não tive sorte. Elas tiravam minha fibra, minha risada. Entorpeciam minha mente. Amoleciam meu pau. Elas tiravam tudo de mim. A escrita. A pequena, minúscula faísca de esperança. O trago me levava ao céu, me surrava na manhã seguinte, mas eu conseguia me levantar, começar de novo. A drogas me deixavam de cama. Me jogavam no colchão. Alguma coisa orgânica. Se há uma saída para os dispostos, é o álcool. A maioria não consegue lidar com ele. Mas para mim é um dos segredos da existência. Você perguntou.

e nem mesmo quebrou

como bebedor pesado eu toda hora perdia
meu dinheiro ou me
roubavam
então acabou que quando ficava fortemente
embriagado eu escondia meu
dinheiro.
e eu era muito inventivo.
no dia seguinte eu nunca lembrava
onde tinha escondido a
grana.
às vezes levava horas
pra encontrar.
às vezes dias,
às vezes eu nunca encontrava.

não vou abusar sua paciência com os vários
esconderijos estranhos do meu dinheiro
exceto pelo seguinte
caso.
era uma boa soma e tinha
sumido.
e após alguns dias vasculhando
meu apartamento
simplesmente desisti.

aí um dia, fazendo minha barba,
notei que meu rosto parecia um pouco
mais disforme do que o
habitual.
olhei o espelho e notei
um calombo bem saliente no
meio.
peguei uma chave de fenda, tirei os
parafusos e afastei o espelho da
parede.

o dinheiro caiu no chão.

bêbado, eu tinha desaparafusado
o espelho todo, escondido
o dinheiro atrás e aparafusado
de volta.

fiquei bastante orgulhoso desse
esconderijo.
e ainda mais orgulhoso por tê-lo
encontrado.

claro, isso pedia uma
celebração.
nem mesmo terminei de
fazer a barba.
saí e comprei uma
boa garrafa de
uísque.

por que não?
parecia dinheiro
grátis.

esta noite

tantos dos meus neurônios corroídos pelo
álcool
sento aqui bebendo agora
todos os meus parceiros de bebida mortos,
eu coço a barriga e sonho com o
albatroz.
bebo sozinho agora.
bebo comigo mesmo e para mim mesmo.
bebo à minha vida e à minha morte.
minha sede ainda não se satisfez.
acendo outro cigarro, viro a
garrafa devagar para admirá-
la.
uma boa companheira.
anos assim.
mas o que mais eu poderia ter feito
e feito tão bem?
bebi mais do que os primeiros
cem homens que você encontra
na rua
ou vê no hospício.
eu coço a barriga e sonho com o
albatroz.
eu me juntei aos grandes bêbados
dos séculos.
fui selecionado.

paro agora, levanto a garrafa, tomo um
gole vigoroso.
impossível para mim pensar que
alguns realmente pararam e
viraram cidadãos
sóbrios.
fico triste.
eles são secos, chatos, seguros.
eu coço a barriga e sonho com o
albatroz.
esta sala está cheia comigo e eu estou
cheio.
bebo esta por todos vocês.
e por mim.
já passa da meia-noite e um cão
solitário uiva na
noite.
e eu sou jovem como o fogo que
arde
agora.

[Para John Martin]
20 de outubro de 1992

Oi John:
Só dois poemas esta noite mas acho que dão conta do recado.

Bush parece que murchou na jogada. E o cara bilionário propõe uma jogada que ele não tem como garantir. Clinton parece o melhor do grupo.

E agora cama. Sóbrio esta noite. Acho que escrevo igual tanto sóbrio como bêbado. Levei um longo tempo para constatar isso.

06/11/92 0h08

Esta noite, me sinto envenenado, mijado, usado, gasto até o osso. Não é só a velhice, mas pode ter algo a ver com isso. Acho que a multidão, aquela multidão, a Humanidade, que sempre foi difícil pra mim, aquela multidão está ganhando, afinal. Acho que o grande problema é que tudo é uma performance repetida pra eles. Não há novidade neles. Nem mesmo o menor dos milagres. Apenas se arrastam sobre mim. Se, um dia, eu pudesse ver UMA pessoa fazendo ou dizendo algo incomum me ajudaria a seguir em frente. Mas são rançosos, bolorentos. Não há emoção. Olhos, ouvidos, pernas, vozes, mas... nada. Congelam-se dentro de si mesmos, se enganam, fingindo que estão vivos.

Era melhor quando eu era jovem, eu ainda procurava. Percorria as ruas à noite procurando, procurando... me misturando, lutando, buscando... Não encontrei nada. Mas o cenário geral, o nada, ainda não tinha tomado conta. Nunca encontrei um amigo de verdade. Com as mulheres, havia esperança com cada uma, mas isso era no princípio. Mesmo no começo, eu saquei, parei de procurar a Garota Ideal; eu só queria uma que não fosse um pesadelo.

Com as pessoas, tudo que encontrei foram os vivos que agora estavam mortos – nos livros, na música clássica. Mas isso ajudava, por um tempo. Mas havia apenas uns poucos livros mágicos e interessantes, daí parou. A música clássica era meu baluarte. Escutava muito no rádio, ainda escuto. E sempre me surpreendo, mesmo agora, quando escuto algo forte, novo, que não ouvi antes, e isso acontece com bastante frequência. Enquanto escrevo agora, estou escutando algo no rádio que nunca ouvi antes. Me empapuço de cada nota como um homem faminto de sangue novo e novo significado e lá estão. Fico absolutamente admirado pela grande quantidade de excelentes músicas, séculos e séculos delas. É possível que muitas grandes almas tenham existido. Não posso explicar, mas é uma grande sorte eu ter isso na vida, sentir isso, me alimentar disso e festejar. Nunca escrevo nada sem ter o rádio ligado com música clássica, sempre foi parte do meu trabalho, escutar essa música enquanto escrevo. Talvez, algum dia, alguém me explique por que há tanta energia do Milagre na música clássica. Duvido que algum dia alguém me diga isso. Só me resta imaginar. Por que, por que, por que não existem mais livros com esse poder? O que está errado com os escritores? Por que existem tão poucos bons?

O rock não me toca. Fui a um show de rock mais por causa da minha mulher, Linda. Claro, sou um cara legal, hein, hein? De qualquer forma, os ingressos eram de graça, cortesia de um músico de rock que lê os meus livros. Devíamos ir para um camarote especial para os famosos. Um diretor, ex-ator, veio nos buscar na sua caminhonete esporte. Outro ator estava com ele. São talentosos, do seu jeito, e não são maus seres humanos. Fomos até a casa do diretor, lá estava sua mulher, vimos seu bebê e daí saímos numa limusine. Drinques, conversa. O show era no Dodger Stadium. Chegamos atrasados. A banda estava no palco, um som ensurdecedor, gigante, 25.000 pessoas. Havia uma vibração, mas foi breve. Era muito simplório. Acho que as letras seriam legais se você conseguisse ouvi-las. Provavelmente, falavam de Causas, Decências, Amor achado e perdido etc. As pessoas precisam daquilo – antissistema, antipais, antialguma coisa. Mas uma banda milionária e bem-sucedida como aquela, independentemente do que disser, AGORA FAZIA PARTE DO SISTEMA.

Depois de um certo tempo, o líder da banda disse: "Este show é dedicado a Linda e Charles Bukowski!". 25.000 pessoas aplaudiram como se soubessem quem éramos. Isso é pra morrer de rir.

Grandes estrelas do cinema andavam por ali. Já os tinha encontrado antes. Me preocupei com isso. Fiquei preocupado que diretores e atores viessem à nossa casa. Eu não gostava de Hollywood, os filmes raramente me emocionavam. O que eu estava fazendo ali, com aquelas pessoas? Será que estava sendo sugado? 72 anos brigando a briga certa para ser sugado?

O show quase tinha terminado e seguimos o diretor para o bar VIP. Estávamos entre os eleitos. Puxa! Lá dentro, havia mesas, um bar. E os famosos. Fui até o bar. Os drinques eram de graça. Havia um enorme barman negro. Pedi meu drinque e disse a ele: "Depois que eu tomar esse, vamos voltar lá e atacar".

O barman sorriu.

"Bukowski!"

"Você me conhece?"

"Costumava ler suas *Notas de um velho safado* na *L.A. Free Press* e *Open City*."

"Bem, quem diria..."

Apertamos as mãos. A luta foi cancelada.

Linda e eu falamos com várias pessoas, não sei sobre o quê. Eu continuava voltando ao bar a toda hora para pegar a minha vodka 7's. O barman me servia em copos altos. Eu também tinha bebido na limusine no caminho para o show. A noite ficou mais fácil pra mim, era só uma questão de beber bastante, rápido e com frequência.

Quando o astro do rock chegou, eu já estava mais pra lá do que pra cá, mas ainda estava aqui. Ele sentou e conversamos, mas não lembro sobre o quê. Daí chegou a hora do *blackout*. Evidentemente fomos embora. Só sei porque me contaram depois. A limusine nos levou de volta pra casa. Quando cheguei em casa, tropecei nos degraus, caí e bati a minha cabeça nos tijolos. Recém tínhamos colocado os tijolos. Cortei a cabeça e machuquei a mão direita e as minhas costas.

Descobri a maior parte disso de manhã, quando levantei pra dar uma mijada. Havia o espelho. A minha aparência era a dos velhos tempos das brigas de bar. Cristo. Lavei um pouco do sangue, dei comida aos nossos 9 gatos e voltei pra cama. A Linda também não estava se sentindo bem. Mas ela tinha visto seu show de rock.

Sabia que não conseguiria escrever por 3 ou 4 dias e que demoraria uns dois para voltar ao hipódromo.

De volta para a música clássica. Fui homenageado e tudo mais. Era legal que os astros do rock lessem o meu trabalho, mas sabia de homens nas cadeias e nos hospícios que também liam. Não posso controlar quem lê o meu trabalho. Esqueça.

É bom sentar aqui esta noite, neste quartinho no segundo andar, ouvindo o rádio, o velho corpo, a velha mente remendando. Aqui é o meu lugar, assim. Assim. Assim.

vinho nas veias

este é o poema #25 contando como são 2 da manhã e
　ainda estou batendo à
máquina bebendo e ouvindo rádio e fumando este
charuto.
que diabo, não sei, às vezes me sinto como Van Gogh
　ou Faulkner ou
um desses – digamos Stravinsky; apenas sigo bebendo
　o vinho e
fumando, e não há nada mais mágico ou suave do que
　isso, é
por isso que costumo falar a respeito, quero que a sorte
　prossiga...
alguns críticos dizem que eu escrevo a mesma coisa o
　tempo todo.
bem, às vezes faço isso, às vezes não, mas quando faço a
razão é que eu me sinto tão bem, é como fazer amor
comigo mesmo, mas na verdade não – é com esta má-
　quina, 2 da manhã, o vinho...
se soubesse o que tenho aqui, você me perdoaria
porque você e eu sabemos como é temporária qualquer
　benevolência, e assim
eu brinco e me gabo e repito:
são 2 da manhã
e eu sou
Chopin
Céline

Chinaski
aceitando tudo:
uma baforada de charuto
outra taça de vinho
e as belíssimas garotas
os criminosos e os assassinos
os loucos solitários
os trabalhadores das fábricas,
esta máquina aqui,
o rádio tocando,
repetindo
repetindo
repetindo
até que aquilo que vai acontecer com você
aconteça comigo.

Fontes e traduções

"ants crawl my drunken arms". *Literary Artpress 2.2*, primavera de 1961; coletado em *The Days Run Away Like Wild Horses Over the Hills*, 1969.

"What bothers me is when...". Excerto de uma carta de 25 de março de 1961 para Jon e Louise Webb; coletado em *On Writing*, 2015. [Ed. bras.: *Escrever para não enlouquecer.*]

"Born Andernach, Germany...". Excerto de uma carta de 14 de janeiro de 1963 para William Corrington; coletado em *Screams from the Balcony*, 1993.

"I just got to thinking...". Excerto de uma carta de outubro de 1963 para William Corrington; inédito.

"I am getting a little drunk...". Excerto de uma carta de 1º de março de 1964 para Jon e Louise Webb; coletado em *Screams...*

"beerbottle". *The Wormwood Review* 14, agosto de 1964; coletado em *Burning in Water, Drowning in Flame*, 1974. [Ed. bras.: *Queimando na água, afogando-se na chama.*]

"brewed and filled by". (c. 1964); coletado em *At Terror Street and Agony Way*, 1968.

"Confessions of a Man Insane Enough to Live with Beasts [#4]". (Início de 1965); coletado em *South of No North*, 1973. [Ed. bras.: *Ao sul de lugar nenhum.*]

"I wrote Henry Miller the other day...". Excerto de uma carta de 24 de agosto de 1965 para Douglas Blazek; coletado em *Screams...*

"I keep drinking beer and scotch...". Excerto de uma carta de 1965 para William Wantling; coletado em *Screams...*

"Buffalo Bill". *The Wormwood Review* 24, março de 1966; coletado em *The Roominghouse Madrigals*, 1988.

"Notes of a Dirty Old Man". *Open City* 23, 4 de outubro de 1967; coletado em *Notes of a Dirty Old Man*, 1969. [Ed. bras.: *Notas de um velho safado.*]

"The Great Zen Wedding". (Setembro de 1969); coletado em *Erections, Ejaculations, Exhibitions, and General Tales of Ordinary Madness*, 1972. [Ed. bras.: *Fabulário geral do delírio cotidiano.*]

"In bed I had something...". (Fevereiro de 1970); excerto de *Post Office*, 1971. [Ed. bras.: *Cartas na rua.*]

"short non-moon shots to nowhere [#16]". *Jeopardy* 6, março de 1970; coletado como "milionaires" em *Mockingbird Wish Me Luck*, 1972.

"nobody understands an alcoholic...". Excerto de uma carta de 1º de dezembro de 1970 para Lafayette Young; coletado em *Living on Luck*, 1995.

"drinking's good for a guy your age...". Excerto de uma carta de 1º de março de 1971 para Steve Richmond; inédito.

"I'm on the wagon...". Excerto de uma carta de 22 de março de 1971 para John Bennett; inédito.

"on the wagon". 31 de março de 1971, manuscrito; inédito em coletânea.

"drinking". 6 de abril de 1971, manuscrito; inédito em coletânea.

"the angels of Sunday". *Mano-Mano* 2, julho de 1971; inédito em coletânea.

"Charles Bukowski Answers 10 Easy Questions". *Throb* 2, verão-outono de 1971.

"drunk ol' Bukowski drunk". Manuscrito de 1971; coletado em *Mockingbird...*

"Notes on the Life of an Aged Poet". 24 de janeiro de 1972, manuscrito; coletado em *Portions of a Wine-Stained Notebook*, 2009. [Ed. bras.: *Pedaços de um caderno manchado de vinho*.]

"my landlady and my landlord". Manuscrito do início de 1972; coletado em *Mockingbird*...

"The Blinds". Manuscrito de 1972; posteriormente retrabalhado e incorporado a *Factotum*, 1975. [Ed. bras.: *Factótum*.]

"Notes of a Dirty Old Man". *Los Angeles Free Press* 428, 2 de outubro de 1972; coletado como "This Is What Killed Dylan Thomas" em *South of No North*. [Ed. bras.: *Ao sul de lugar nenhum*.]

"another poem about a drunk and then I'll let you go". *Los Angeles Free Press* 456, 13 de abril de 1973; coletado em *The People Look Like Flowers at Last*, 2007. [Ed. bras.: *As pessoas parecem flores finalmente*.] Uma versão mais longa do poema, intitulada "wax job", coletada anteriormente em *Burning*... [Ed. bras.: *Queimando na água, afogando-se na chama*.]

"in the name of love and art". *Second Coming* 2.1/2, verão de 1973; inédito em coletânea.

"the drunk tank judge". 14 de junho de 1973, manuscrito; coletado em *Play the Piano Like a Percussion Instrument Until the Fingers Begin to Bleed a Bit*, 1979.

"some people never go crazy". *Two Charlies* 3, 1973; coletado como "some people" em *Burning*... [Ed. bras.: *Queimando na água, afogando-se na chama*.]

"Notes of a Dirty Old Man". *Los Angeles Free Press* 465, 15 de junho de 1973; coletado em *More Notes of a Dirty Old Man*, 2011.

"Confessions of a Badass Poet". *Berkeley Barb* 454, 26 de abril de 1974.

"some picnic". *Wormwood Review* 55, 1974; coletado em *Love is a Dog From Hell*, 1977. [Ed. bras.: *O amor é um cão dos diabos.*]

"18,000 to one". 25 de novembro de 1974, manuscrito (segundo rascunho); coletado como "38,000 to one" em *What Matters Most Is How Well You Walk Through the Fire*, 1999.

"Paying for Horses: An Interview with Charles Bukowski". *London Magazine* 14.5, dezembro de 1974/janeiro de 1975.

"I awakened much later...". Excertos de *Factotum*, 1975. [Ed. bras.: *Factótum.*] O primeiro excerto é baseado na coluna "Notas de um velho safado" de 30 de junho de 1972 publicada no *Los Angeles Free Press*.

"ah, shit". 25 de janeiro de 1976, manuscrito; coletado como "ah..." em *Love Is a Dog...* [Ed. bras.: O *amor é um cão...*]

"who in the hell is Tom Jones?". 4 de junho de 1975, manuscrito; coletado em *Love Is a Dog...* [Ed. bras.: *O amor é um cão...*]

"beer". 5 de junho de 1976, manuscrito; coletado em *Love Is a Dog...* [Ed. bras.: *O amor é um cão...*]

"shit time". *Love Is a Dog...* [Ed. bras.: *O amor é um cão...*]

"Buk: The Pock-Marked Poetry of Charles Bukowski. Notes of a Dirty Old Mankind". *Rolling Stone* 215, 17 de junho de 1976.

"Charles Bukowski. Dialog with a Dirty Old Man". *Hustler* 3.6, dezembro de 1976.

"smashed". 2 de novembro de 1977, manuscrito; inédito em coletânea.

"the image". 17 de novembro de 1977, manuscrito (segundo rascunho); coletado em *What Matters Most...*

"I suppose I drink too much white wine...". Excerto de uma carta de 5 de março de 1978 para o Tio Heinrich; inédito.

"One afternoon I was coming from the liquor store...". Excertos de *Women*, 1978. [Ed. bras.: *Mulheres.*]

"fat head poem". 29 de junho de 1978, manuscrito; coletado em *Shakespeare Never Did This*, 1995.

"On Friday night I was to appear...". Excerto de *Shakespeare...*

"the drunk with the little legs". 26 de setembro de 1979, manuscrito; coletado como "Toulouse" em *Open All Night*.

"Hemingway". 28 de junho de 1979, manuscrito (primeiro rascunho); inédito em coletânea. Um poema muito semelhante, intitulado "Hemingway, drunk before noon", escrito em 1985, foi coletado como "Hemingway, drunk before noon" em *The Night Torn Mad With Footsteps*, 2001.

"Mozart wrote his first opera before the age of fourteen". *Harbor Review*, primavera de 1980; coletado como "night sweats" em *Open All Night*.

"on the hustle". 10 de março de 1980, manuscrito; coletado em *Dangling in Tournefortia*, 1981.

"night school". *The Wormwood Review* 81/82, 1981; coletado em *Dangling...*

"fooling Marie". 17 de janeiro de 1982, manuscrito; coletado como "enganando Marie (o poema)" em *Come On In*, 2006.

"I did a lot of time in bars...". Excerto de uma carta de 1º de março de 1982 para Jack Stevenson; inédito.

"Let an old man give you some advice...". Excerto de uma carta de 9 de maio de 1982 para Gerald Locklin; coletado em *Reach for the Sun*, 1999.

"One day, just like in gramar school...". Excertos de *Ham on Rye*, 1982. [Ed. bras.: *Misto-quente*.]

"barred from the Polo Lounge". Manuscrito de maio de 1983; inédito em coletânea.

"trying to dry out". 22 de junho de 1983, manuscrito (segundo rascunho); coletado em *The Continual Condition*, 2009.

"speaking of drinking...". 20 de agosto de 1983, manuscrito; inédito em coletânea.

Tough Company, de Tom Russell, fevereiro de 2008. Os excertos de entrevistas foram publicados pela primeira vez em janeiro de 1984 na revista norueguesa *Puls*.

"40 years ago in that hotel room". Manuscrito de fevereiro de 1984; coletado em *The Night Torn...*

"my vanishing act". Manuscrito de outubro de 1984; *You Get So Alone at Times That It Just Makes Sense*, 1986. [Ed. bras.: *Você fica tão sozinho às vezes que até faz sentido.*]

"the master plan". Manuscrito de novembro de 1984; coletado em *You Get So Alone...* [Ed. bras.: *Você fica tão sozinho...*]

"this". Manuscrito de dezembro de 1984; coletado em *You Get So Alone...* [Ed. bras.: *Você fica tão sozinho...*]

The Charles Bukowski Tapes, direção de Barbet Schroeder, janeiro de 1985.

"On quitting your job at 50...". Excerto de uma carta de 22 de fevereiro de 1985 para A.D. Winans; coletado em *On Writing*. [Ed. bras.: *Escrever...*]

"dark night poems [#6 and #11]". Manuscrito de novembro de 1985; inédito em coletânea.

"An Evening at Buk's Place". A entrevista, realizada em 17 de fevereiro de 1986, foi coletada no livro de Jean-François Duval *Bukowski and the Beats. A Commentary on the Beat Generation*, 2002.

"immortal wino". 16 de outubro de 1986, manuscrito; coletado em *Septuagenarian Stew*, 1990. [Ed. bras.: *Miscelânea septuagenária.*]

"cleansing the ranks". *Water Row Review* 1, 1987; coletado em *Septuagenarian...* [Ed. bras.: *Miscelânea...*]

"Gin-Soaked Boy". *Film Comment* 23.4, julho/agosto de 1987.

"240 pounds". Manuscrito de 1988; inédito em coletânea.

"The screenplay began to move...". Excertos de *Hollywood*, 1989. [Ed. bras.: *Hollywood*]

"2 Henry Miller paintings and etc.". Manuscrito de 1989; inédito em coletânea.

"the gigantic thirst". Manuscrito de 1989; coletado em *People look*. [Ed. bras.: *As pessoas parecem...*]

"Charles Bukowski". *Arete* 2.1, julho-agosto de 1989.

"I fell of the wagon twice...". Excerto de uma carta de 8 de novembro de 1989 para Carl Weissner; inédito.

"Q&A". *Arete* 2.6, verão de 1990.

"hangovers". (Início de 1991); *The Last Night of the Earth Poems*, 1992.

"the replacements". Manuscrito de c. 1991; coletado em *The Last Night...*

"Interview with Charles Bukowski". *Lizard's Eyelid*, c. 1992.

"and it didn't even break". 11 de junho de 1992, manuscrito; inédito em coletânea.

"tonight". Manuscrito de junho de 1992; coletado como "uma bela loucura" em *The Continual...*

"Hello John: Just two poems tonight...". Carta de 20 de outubro de 1992 para John Martin; inédito.

"11/6/92 12:08 AM". *Spillway. New Directions in Poetry* 5, 1996; coletado em *The Captain Is Out to Lunch and the Sailors Have Taken Over the Ship*, 1998. [Ed. bras.: *O capitão saiu para o almoço e os marinheiros tomaram conta do navio.*]

"wine pulse". 29 de fevereiro de 1984, manuscrito; coletado em *The Night Torn Mad...*

Livros do autor publicados pela L&PM Editores:

Ao sul de lugar nenhum. Trad. Pedro Gonzaga. Porto Alegre: L&PM, 2008.

As pessoas parecem flores finalmente. Trad. Claudio Willer. Porto Alegre: L&PM, 2015.

Cartas na rua. Trad. Pedro Gonzaga. Porto Alegre: L&PM, 2011.

Escrever para não enlouquecer. Trad. Rodrigo Breunig. Porto Alegre: L&PM, 2016.
Fabulário geral do delírio cotidiano. Trad. Milton Persson. Porto Alegre: L&PM, 2007.
Factótum. Trad. Pedro Gonzaga. Porto Alegre: L&PM, 2007.
Hollywood. Trad. Marcos Santarrita. Porto Alegre: L&PM, 1998.
Miscelânea septuagenária. Trad. Pedro Gonzaga. Porto Alegre: L&PM, 2014.
Misto-quente. Trad. Pedro Gonzaga. Porto Alegre: L&PM, 2005.
Mulheres. Trad. Reinaldo Moraes. Porto Alegre: L&PM, 2011.
Notas de um velho safado. Trad. Albino Poli Jr. Porto Alegre: L&PM, 1985.
O amor é um cão dos diabos. Trad. Pedro Gonzaga. Porto Alegre: L&PM, 2007.
O capitão saiu para o almoço e os marinheiros tomaram conta do navio. Trad. Bettina Gertrum Becker. Porto Alegre: L&PM, 1999.
Pedaços de um caderno manchado de vinho. Trad. Pedro Gonzaga. Porto Alegre: L&PM, 2010.
Queimando na água, afogando-se na chama. Trad. Pedro Gonzaga. Porto Alegre: L&PM, 2015.
Você fica tão sozinho às vezes que até faz sentido. Trad. Rodrigo Breunig. Porto Alegre: L&PM, 2018.

Os textos que não foram retirados dos livros acima foram traduzidos por Rodrigo Breunig para a presente coletânea.

Agradecimentos

Organizador e editora gostariam de agradecer aos proprietários dos poemas aqui publicados, incluindo as seguintes instituições:

>University of Arizona, Acervos Especiais
>The University of California, Los Angeles, Acervos Especiais
>The University of California, Santa Barbara, Acervos Especiais
>The Huntington Library, San Marino, California
>Indiana University, Biblioteca Lilly
>The University of Southern California, Acervo de Livros Raros

Agradecemos também aos seguintes periódicos e editoras, nos quais alguns dos poemas, contos e entrevistas foram publicados pela primeira vez: *Arete, Literary Artpress, Berkeley Barb,* City Lights, *Film Comment, Hustler, Jeopardy, Lizard's Eyelid, London Magazine, Los Angeles Free Press, Mano-Mano,* Mystery Island Publications, *Rolling Stone, Second Coming, Spillway,* Sun Dog Press, *Throb, Two Charlies, Water Row Review* e *Wormwood Review.*

Para Ona e Gara, por dizerem siga quando tudo mais diz pare.

Para Linda Bukowski, por tamanha paixão em manter a chama acesa – toque o barco!

Para Bukowski, por explorar territórios desconhecidos contra todas as probabilidades, bebida na mão.

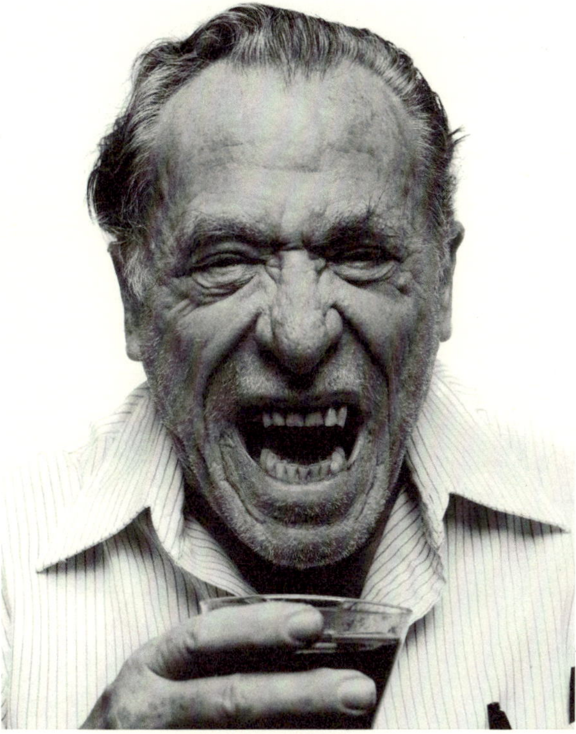

lepmeditores
www.lpm.com.br
o site que conta tudo

IMPRESSÃO:

PALLOTTI
GRÁFICA

Santa Maria - RS | Fone: (55) 3220.4500
www.graficapallotti.com.br

Fiódor Dostoiévski
(1821-1881)

Fiódor Mikhailovitch Dostoiévski nasceu em Moscou, no hospital onde seu pai, Mikhail Andriéievitch Dostoiévski, clinicava. Mikhail, apesar de imprimir uma disciplina severa à família, incentivava os sete filhos ao amor pela cultura. Em 1837, a mãe de Dostoiévski morreu precocemente de tuberculose. A perda foi um choque para o pai, que acabou mergulhando na depressão e no alcoolismo. Fiódor e seu irmão foram então enviados à Escola de Engenharia, em São Petersburgo.

Em 1839, morreu o pai de Dostoiévski. As causas são controvertidas, e uma das versões é que o pai – que tinha fama de avaro e de violento – foi assassinado pelos servos enfurecidos com os maus-tratos. Dostoiévski culpou-se durante toda a vida pelo fato de, em várias ocasiões, ter desejado a morte do pai. Essa questão da culpa, que acabou transparecendo em sua obra, foi estudada por Sigmund Freud no famoso artigo "Dostoiévski e o parricídio", de 1928.

Em 1843, concluiu os estudos de Engenharia e obteve o grau militar de subtenente. Durante esses anos, dedicou-se à tradução, incluindo a obra de Balzac, um autor que ele admirava. Em 1844 abandonou o exército e começou a escrever a novela *Pobre gente*, obra que recebeu uma crítica positiva no seu lançamento. Foi nesta época que contraiu dívidas e sofreu o primeiro ataque epilético. À primeira obra, seguiram-se *Niétotchka Niezvânova* (escrito entre 1846 e 1849), *Noites brancas* (1848; **L&PM** POCKET, 2008), entre outras, que não tiveram a mesma acolhida da crítica.

Enquanto isso, Dostoiévski engajou-se na luta da juventude democrática russa pelo combate ao regime autoritário do Tsar Nicolau I. Em abril de 1849 foi preso e condenado; em novembro do mesmo ano, acabou sentenciado à morte pela participação em atividades antigovernamentais junto a um grupo socialista. No dia 22 de dezembro, chegou a ser levado ao pátio com outros prisioneiros para o fuzilamento, mas, na última hora, teve a pena de morte substituída por cinco anos de trabalhos forçados na Sibéria, onde permaneceu até 1854.

A experiência abalou profundamente o escritor, que iniciou o romance *Memórias da casa dos mortos*, publicado em 1862 (**L&PM** POCKET, 2008). Alguns anos antes, Dostoiévski conheceu María Dmítrievna Issáieva, viúva de um maestro, com quem se casou em 1857.

Retornou a São Petersburgo em 1859, dedicando-se integralmente a escrever, produzindo seis longos romances, entre os quais suas obras-primas *Crime e castigo* (1866; **L&PM** POCKET, 2007), *O idiota* (1869) e *Os irmãos Karamázov* (1880). É também dessa época a criação da revista *Tempo*, em cujo primeiro número apareceu parte de *Humilhados e ofendidos*, obra que também remete à sua experiência na Sibéria. A década de 1860 é marcada por viagens pela Europa, período no qual conheceu sua grande paixão, Paulina Súslova, que acabaria o traindo. Após a decepção amorosa, Dostoiévski voltou para a esposa, que morreu logo depois.

Solitário, endividado e tendo que sustentar a família do irmão recém-falecido, o escritor ditou, em 1866, *O jogador* (**L&PM** POCKET, 1998) para a sua secretária, Anna Grigórievna, com quem se casaria depois da recusa de Paulina em reatar o relacionamento. O livro é um sucesso e colabora para restabelecer suas finanças. Logo depois de publicar *Crime e castigo*, viajou com a nova mulher para Genebra, onde nasceu a primeira filha do casal, que viveu pouco tempo. A partir de 1873, passou a editar a revista *Diário de um escritor*, na qual publicava histórias curtas, artigos sobre política e crítica literária.

Em 1880 participou da inauguração do monumento a Aleksandr Pushkin, em Moscou. Na ocasião, pronunciou um memorável discurso sobre o destino da Rússia. No dia 8 de novembro do mesmo ano, em São Petersburgo, terminou de redigir *Os irmãos Karamázov*. Morreu em fevereiro de 1881.